EL
CHAMÁN

EL
CHAMÁN

Encuentro en el Corazón Verde

HELEN FLIX

diversa

© 2015, Helen Flix
© 2015, Diversa Ediciones
    Edipro, S.C.P.
    Carretera de Rocafort 113
    43427 Conesa
    diversa@diversaediciones.com
    www.diversaediciones.com

Primera edición: abril de 2015

ISBN: 978-84-942484-8-1
ISBN Ebook: 978-84-942484-9-8
Depósito legal: T 253-2015

Diseño y maquetación: DONDESEA, servicios editoriales
Imagen de portada: © Artemiy Bogdanoff y Szefei/Shutterstock

Impreso en España – *Printed in Spain*

Dedicado a Luis, Héctor, Ana y David,
y cómo no, a todos los que me quieren y son mis amigos.

Prólogo

El Gran Espíritu está conformado por la suma de nuestros pequeños espíritus individuales. Todos somos parte del Uno. Tanto los que aún lo recordamos como aquellos que lo hemos olvidado.

En algún punto del no-tiempo, todos como Uno, como neuronas funcionales de una sola Mente colectiva, decidimos embarcarnos en la aventura de jugar a separarnos y manifestarnos en lo que ahora llamamos «mundo físico». Esto lo cuentan alegóricamente diferentes cosmologías de diversas culturas de todos los tiempos y lugares de nuestro planeta.

Cuando recién comenzamos el juego como especie humana, hubo un tiempo en el que vivíamos en contacto con la naturaleza, integrados a ella, desarrollándonos de manera sostenible. De alguna forma seguíamos siendo neuronas funcionales unidas al Universo a través de nuestro sentido de lo divino manifestado en profundas cosmovisiones y ritos. Había un equilibrio entre dar y tomar, se respetaban los ciclos naturales y teníamos regulaciones sencillas que permitían minimizar conflictos y unir esfuerzos, ya que en ocasiones la supervivencia física podía llegar a ser bastante dura y requería de nuestra coordinación para trabajar de forma conjunta.

En aquellos tiempos las habilidades y talentos de cada individuo eran patrimonio común de la tribu. Teníamos un sentido de unidad, de pertenencia y de valía, especialmente los ancianos, quienes con su simple presencia demostraban la fortaleza que les permitió llegar a lucir esos blancos cabellos durante las reuniones en las que compartían sus sabios consejos con quienes recién comenzaban su camino. Había respeto para ellos, había respeto para la Tierra y para la Luna, para el agua y para el fuego, para el aire y para la lluvia; había respeto para los animales y las plantas, había respeto para los ancestros e incluso para las tribus que competían por los recursos de un mismo territorio y se consideraban enemigas.

En aquel entonces todos éramos «gente de tradición» repartida por diversas partes del planeta, en culturas que si bien tenían diferencias en su forma de pensar y de hacer las cosas, coincidían en este equilibrio fundamental entre lo humano, lo natural y lo sobrenatural, es decir, el mundo no visible, aquel del que proveníamos y al que regresaban nuestros muertos, el Mundo del Espíritu.

Sin embargo, en algún punto de nuestro pasado histórico, como especie humana, rompimos este equilibrio. Cuando comenzamos a facilitarnos la subsistencia, paralelamente empezamos a complicarnos la existencia. Muchas neuronas funcionales nos fuimos atrofiando. Nuestras divisiones se hicieron más profundas, nuestros dioses más distintos, nuestros conflictos más duraderos. A medida que fuimos inventando religiones, creando máquinas, construyendo ciudades y fabricando vehículos, fuimos perdiendo el reto y el deleite del contacto directo con la naturaleza, rompimos sus ciclos y abusamos de su abundancia. Perdimos el respeto por la Tierra, por los demás y por nosotros mismos. Sobre todo por nuestros ancianos, a quienes hoy día mantenemos recluidos mientras nos llega la hora de heredar sus pertenencias a nosotros los jóvenes, que desesperadamente luchamos por no dejar de serlo.

Y de aquel mundo invisible pocos nos acordamos ya. Algunos sentimos temor y permitimos que sean otros los que intenten establecer un contacto directo con esos dioses o esos espíritus que lo habitan para que luego nos digan qué debemos creer y cómo debemos vivir. Otros muchos creemos que en realidad ese mundo «imaginario» nunca existió y que esto que vemos es todo lo que hubo y habrá. Unos pocos pensamos incluso que fue un invento de la «imaginación mítica» de nuestros antepasados «viajando» con alguna planta alucinógena lo que dio pie a mitologías tan bellas como descabelladas...

Afortunadamente, aunque la división y la desconexión actual de nuestra especie ha llegado a ser un fenómeno global, siempre hemos conservado algunos reductos de neuronas funcionales, gente aislada, gente de tradición que ha logrado mantener vivo todo eso que las mayorías hace tiempo que perdimos.

En el México de mi niñez había una profecía que pronosticaba que cuando el «águila del norte» se encontrara con el «águila del sur», resurgiría «la tradición». Y el impacto de este encuentro sería tan grande que el mundo cambiaría.

En mi país, la «tradición» es un término que hace referencia a las civilizaciones que florecieron mucho tiempo antes de la llegada de los españoles al territorio mesoamericano, pues las culturas con las que estos se encontraron hacía ya tiempo que se consideraban moral y espiritualmente decadentes. El conocimiento ancestral en aquellos años llevaba tiempo resguardado en el secreto depósito de la memoria y los corazones de los guardianes de las tradiciones, esperando tiempos mejores para resurgir y jugar su papel estelar en la transformación del mundo.

El «águila del norte» y el «águila del sur» son referencias a los hombres y mujeres guardianes de tradición que, establecidos en ambos hemisferios del continente americano, han preservado la tradición transmitiéndola de maestro a discípulo ininterrumpidamente hasta nuestros días.

Pues bien, los primeros contactos formales entre los distintos grupos indígenas del continente americano se dieron a finales de la década de los 90 del siglo pasado y sirvieron para poner en marcha la Primera Reunión de Sacerdotes y Ancianos Indígenas de América, que se realizó en Guatemala en el año 1995. La segunda se llevó a cabo en Colombia en 1997, la tercera en Estados Unidos en 1999, la cuarta en Bolivia en 2001, y la quinta se realizó en las tierras mayas de México en marzo de 2003. Estas y otras reuniones por el estilo, que están teniendo lugar en diversos lugares del planeta, son parte de la manifestación física de un plan mayor organizado por nuestras propias almas desde ese olvidado mundo invisible del espíritu.

La enorme diseminación del insostenible sistema económico mundial que entre otras cosas ha globalizado la contaminación y está a punto de llevarnos a un irreversible cambio climático si no hacemos pronto algo drástico para detenerlo hace imposible que continuemos conservando intactos esos reductos de gente de tradición. Ya no basta con que sigan situados en un inaccesible lugar de la jungla, de las montañas o de la selva, porque hasta allí llegamos con nuestras aguas contaminadas, con las motosierras que usamos para satisfacer nuestra irracional demanda de productos que requieren talar sus árboles para sembrar nuestros alimentos procesados o expandir nuestras tierras para que paste nuestro ganado. Los tenemos cercados y ellos, como las últimas neuronas funcionales que son, saben que solo es cuestión de tiempo que nuestra irracionalidad nos lleve a exterminarlas.

Esta es la razón por la que prácticamente todos los sabios que nos quedan en estos momentos andan de gira por todo el planeta intentando despertar nuestras conciencias. Por eso vemos lamas, curanderos, chamanes de todas las culturas en las grandes ciudades del planeta presentando libros, dando charlas, entrevistas, talleres, temascales, sesiones de sanación y demás actividades encaminadas a conectarnos de nuevo con el espíritu, ensanchar nuestras limitadas visiones y ayudarnos a cambiar de rumbo.

A las personas cuya sabiduría se origina en las distintas tradiciones indígenas del planeta, genéricamente las llamamos chamanes. Aunque si quieres encontrar un chamán y vas con los huicholes de México, por ejemplo, tienes que preguntar por el Marakame… Y si vas al Putumayo en Colombia tienes que preguntar por el Taita… Cada cultura tiene su propia denominación.

«Chamán» es un neologismo inventado por los antropólogos a partir de un vocablo de origen siberiano, «*shaman*», que identifica hombre-dios-medicina. El vocablo tungu original «*xaman*» contiene la raíz *scha*, «saber», por lo que chamán significa «alguien que sabe, sabedor, que es un sabio». Algunas investigaciones etimológicas explican que la palabra proviene del sánscrito por mediación chino-budista al manchú-tungu. En Pali es *schamana*. En sánscrito *sramana* es algo así como «monje budista, asceta». El término chino intermedio es *scha-men*[1].

Esa sabiduría que se trasluce a través de la etimología implica, de una manera o de otra, un contacto con el mundo de los espíritus, contacto que el chamán utiliza en su propio interés y particularmente para ayudar a otros que sufren. Su actividad incluye en una sola lo que nuestra cultura ha disociado en las profesiones de médico, psiquiatra o psicoterapeuta y un sacerdote o un guía espiritual. Un auténtico chamán es todo esto a la vez, porque sabe que los conflictos del alma se manifiestan en nuestra mente, afectan nuestras emociones y estas eventualmente tienen un impacto negativo en el cuerpo físico, ocasionando una enfermedad. Por lo tanto, si el cuerpo está sufriendo, el chamán alivia los síntomas físicos y ayuda a resolver los conflictos emocionales, pero siempre va más allá y busca sanar el problema del alma en su origen, o sea, su desconexión del Gran Espíritu.

---

1 José María Poveda: *Chamanismo: el arte natural de curar*. Planeta, 2002.

Por eso el chamanismo, en su esencia, es uno más de los caminos hacia la iluminación o ascensión del ser humano, eso que buscan todos los sabios de todas las culturas.

Mediante lo que vamos aprendiendo como espíritus o almas en este planeta durante muchas vidas, a través de nuestros aciertos y sobre todo de nuestros errores, finalmente llega un día en el que comenzamos a manifestar la sabiduría y nos convertimos en iluminados, santos, gurús, chamanes o como sea que llamemos a nuestros sabios en los diferentes grupos humanos del planeta.

Ese conocimiento, proveniente de nuestra experiencia en culturas indígenas que vamos acumulando entre una vida y otra, las almas antiguas elegimos recordarlo de diferentes maneras según convenga a nuestras respectivas misiones en la presente encarnación. Algunos elegimos nacer en familias de chamanes indígenas donde un padre, un abuelo o un mentor de la tribu nos refresca directamente la memoria enseñándonos de nuevo lo que ya sabíamos y, si se puede, un poco más. Otros escogemos nacer en culturas completamente ajenas a las tradiciones indígenas y más tarde tener contacto con un chamán que nos instruya, nos recuerde lo que ya sabíamos y, si se puede, también nos dé un poco más. Por último, hay una tercera vía: la de aquellos que preferimos nacer, crecer y desarrollarnos lejos de cualquier influjo chamánico directo, incluso en ambientes adversos a él, para despertar por nosotros mismos nuestros propios recuerdos, a través de nuestros errores, nuestras enfermedades, nuestras alegrías y sufrimientos, la ayuda del mundo del Espíritu y quizá de algún que otro libro que nos llega en el momento oportuno...

Galpi, el chamán del que se habla en este libro, escogió el primer camino. Nació en Sudamérica, en una tribu indígena, y fue entrenado por sus mentores y familia en las artes del chamanismo. Aun así, ya como practicante activo, cometió varios errores que le permitieron aprender importantes lecciones para profundizar en su sabiduría.

Elena, la voz que narra la vida de este chamán y al mismo tiempo nos cuenta su propia vida, escogió el segundo camino. Nació en España, pasó parte de su infancia cerca de Galpi, lo reencontró en su juventud y gracias a él fue recobrando su sabiduría y aprendió un poco más. Y aunque el libro se acaba allí, queda claro que la narradora continuará ensanchando su propia sabiduría a través de sus futuras experiencias.

Así es que, si has escogido leer este libro, pregúntate por un momento si acaso no serás tú una de esas almas antiguas que en esta encarnación elegiste la tercera vía: naciste en un contexto no chamánico y en estos momentos estás a punto de que te recuerden algo de lo mucho que ya sabes, y quizá un poco más...

Confía en mí. Sé de qué te hablo. Yo escogí la tercera vía. Nací en el núcleo urbano más grande y contaminado del planeta, fui educada con una mentalidad racional-científica, no creía en el mundo del espíritu y nunca manifesté ningún tipo de habilidad psíquica. No obstante, mi vida cambió cuando fui al desierto con un compañero de la universidad a tomar peyote.

No tuve ninguna revelación divina ni nada por el estilo, simplemente me sucedió algo milagroso: durante los efectos del peyote recuperé la visión normal que había perdido desde niña, me desapareció la miopía y sin gafas pude ver nítidamente los objetos lejanos. Todos los oculistas que había consultado me habían dicho que la miopía se debía a una malformación ocular irreversible, pero allí, bajo los efectos de la planta, o el ojo recuperó momentáneamente su forma original o la química alterada de mi cerebro provocó alguna otra cosa que me permitió ver como ve la gente con visión normal.

A partir de allí mi fe ciega en la ciencia se acabó, se rompieron mis estructuras de pensamiento inflexibles y mis paradigmas comenzaron a cambiar. Me puse a investigar sobre el chamanismo y conocí a un excelente chamán peruano que me guio en algunas sesiones de ayahuasca. Aunque no tuve un entrenamiento formal con él ni con ningún otro chamán, desde entonces muchas cosas cambiaron en mi vida: leí muchos libros que antes no hubiera ni tocado, asistí a cursos y terapias diversas, tuve mis primeros recuerdos de vidas pasadas y recibí algunas ayudas inesperadas por parte del Espíritu mediante sueños y mensajes de otras personas. De esta forma, poco a poco fui despertando a mi propio conocimiento.

Un día me ofrecieron el cargo de coordinadora de la Comunidad Virtual de Chamanismo Esencial, un proyecto de la Red Iberoamericana de Luz para vincular a los practicantes del chamanismo con las personas interesadas en el tema a través de internet. Había decidido negarme, considerando que mi conocimiento era puramente teórico y no empírico, ya que nunca había recibido un entrenamiento chamánico formal. No obstante, antes de que se cumpliera el plazo para responder a la propuesta, acompañé a una amiga que quería conocer a una médium que tenía su consultorio en el centro de Barcelona. Por curiosidad, yo también pedí una cita, y entre otras cosas, la mujer me dijo que yo había sido un chamán en el antiguo Perú, que había entrenado a varios aprendices y que en esta vida me reencontraría con ellos y con varios de mis compañeros chamanes para seguir mi aprendizaje y mi camino de servicio como maestra; que debía prepararme para viajar y para manejarme en varios idiomas y, sobre todo, que tenía que aprender a «parar la mente» para poder recibir directamente las comunicaciones de mis guías.

Inmediatamente vinculé estas palabras con los recuerdos que tuve durante un viaje con ayahuasca en el cual sentí que estaba dentro de un cuerpo masculino de rasgos indígenas, probablemente en una vida pasada. Poco después volví a soñar con eso. Estaba en un templo a punto de comenzar una sesión de ayahuasca y sentía una felicidad incomparable ante la simple expectativa de lo que iba a ocurrir allí esa noche. Después vinculé también otros acontecimientos en mi vida en los que se manifestaba mi simpatía e interés por las culturas indígenas en general y por el uso de las plantas sagradas en particular...

Salí del consultorio de la médium muy sorprendida, pero dispuesta a aceptar la responsabilidad de coordinar la comunidad virtual que hoy vincula a más de dos mil personas de habla hispana en todo el mundo. Con esto aprendí que el concepto que tenemos de nosotros mismos puede cambiar por completo nuestras expectativas en relación a nuestras propias capacidades. Antes y después de haber recibido el mensaje de la médium yo era la misma, no cambió nada en mí, excepto el concepto que tenía sobre mí misma: antes pensaba que no era capaz y después pensé que sí lo era.

A partir de que acepté la coordinación conocí a otros chamanes, de quienes fui aprendiendo muchas cosas, y también logré ponerme en contacto con mis propios guías. En estos momentos estoy viviendo lo que ellos me pronosticaron a través de la médium. Viajo bastante y en todas partes encuentro alumnos, compañeros y maestros, viejas almas que están recordando su propia sabiduría.

En todas partes conozco gente que muchas veces me asombra por su fuerte personalidad indígena, como me ocurrió recientemente en un taller que di en Francia al que también asistieron personas de Bélgica y Suiza. A pesar de ser europeos, viven en ecoaldeas, tienen una notable relación con la naturaleza, visten con sencillas telas naturales, adornan sus cabellos con plumas y practican distintos métodos de sanación natural. Allí ¡era yo quien parecía la europea y ellos los nativos americanos!

Lo más impactante fue cuando algunos se arrodillaron frente a mí para pedirme mi bendición a fin de poder realizar sus rituales de sanación bajo el amparo de la tradición que para ellos represento yo como mexicana. No me quedó más que hincarme a mi vez frente a ellos asombrada, recordándoles que ese permiso ya se lo habían ganado en otras vidas y por supuesto podían utilizarlo ahora en estas tierras para ayudar a sus actuales compatriotas a reconectarse con la naturaleza y con el Gran Espíritu.

Mis guías me han comentado que varios grupos de almas que han tenido muchas encarnaciones sucesivas en el continente americano hoy están reencarnados en Europa y viceversa. Como grupos de almas están saldando karma a través del intercambio de servicios. Las almas de los nativos americanos están impulsando los movimientos ecologistas en el viejo continente y las almas con muchas encarnaciones en Europa tienen el reto de impulsar el progreso material del nuevo continente.

He recibido buena parte de mi instrucción a través de los sueños y sé que no soy la única. Daan van Kampenhout, un chamán holandés que ha escrito un magnífico libro sobre las similitudes entre el trabajo chamánico y las constelaciones familiares[2], cuenta que él también conoció a sus guías en sus sueños y que trabaja sobre todo con el noble espíritu del oso que le ayuda a sanar problemas de huesos.

Por eso en mis talleres siempre comento a los asistentes que muchas de las personas que se sienten atraídas por el tema del chamanismo suelen ser almas viejas que ya vivieron al menos una encarnación en culturas indígenas como chamanes o como aprendices, y que en esta vida probablemente no es necesario que se internen en la selva o en la montaña durante el resto de su existencia para volver a vivir lo que ya vivieron. En realidad son pocos los que necesitan iniciar este camino y somos muchos más

2 Daan van Kampenhout: *La sanación viene desde afuera, chamanismo y constelaciones familiares*. Alma Lepik, 2004.

los que necesitamos recordarlo, actualizarlo y sumarlo al conocimiento que hemos adquirido en otras culturas en las que también hemos encarnado en el pasado.

En nuestros tiempos actuales que marcan el fin de un ciclo cósmico, según el calendario maya y los calendarios de otras culturas indígenas, es momento de recapitular y rescatar todo nuestro antiguo conocimiento para vincularlo a nuestra situación presente y acelerar nuestra evolución personal y colectiva.

Es evidente para mí que en este contexto se inscriben todos los libros de Helen Flix. Este en particular, donde se narran las historias de dos chamanes, Galpi y Elena, es una ayuda muy valiosa para todos aquellos que quieran recordar el conocimiento indígena que yace dormido en el fondo de sus almas.

A Helen solo la he visto una vez, cuando fui a entrevistarla para una investigación que hice sobre las plantas de poder. No obstante, esa única vez me bastó para dejarme la impresión de que su vieja alma no solo ha encarnado en América sino también entre los tibetanos. Después de leer algunos de sus libros pienso que seguro también entre los egipcios y por supuesto entre los míticos atlantes.

Además de esto, ahora que vivo en España, constantemente me encuentro con personas a quienes ella ha tocado a través de su trabajo y todos me han hablado acerca del impacto positivo que ha tenido en sus vidas. La mayoría hablan de ella con admiración, aunque nunca falta alguien a quien le servimos de espejo para ver su parte oscura, lo cual es un servicio todavía más valioso que suele proporcionar un buen chamán.

Se nota que, al igual que sus personajes, Helen Flix tiene mucha sabiduría acumulada a través de sus aciertos y de sus errores. Y afortunadamente le agrada compartir toda esa sabiduría. Pero no a través de la primera persona de los relatos vivenciales. Ella prefiere el relato ficcionado que convierte en héroes arquetípicos a las personas de carne y hueso en las cuales están basadas sus historias. Los arquetipos hablan directamente al alma y despiertan recuerdos en planos de los que no somos conscientes. Allí radica el secreto encanto de las tramas sencillas, lineales y bien narradas de Helen.

Son como los cuentos de hadas o las novelas épicas de Tolkien y Rowling, que nos permiten proyectarnos en los personajes principales y vivir con ellos todas las peripecias de su iniciación, solo que Helen nos brinda como escenario no los bosques o ciudades europeas, sino la selva y el mundo indígena americano con toda su agreste belleza y sabiduría.

Así es que prepárate, estimado lector o estimada lectora, para sumergirte de la mano de esta chamana catalana en las profundidades de tu propia sabiduría. Ábrete a recibirla no solo a través de las palabras que leen tus ojos y se dirigen a tu mente, sino también a través de las emociones sutiles que sin duda llamarán a tu corazón y despertarán tu alma.

¡Que te diviertas!

Recibe un abrazo y mucha paz.

KARINA MALPICA
Coordinadora de la Comunidad Virtual de Chamanismo
Esencial de la Red Iberoamericana de Luz

A mis lectores

La pregunta que siempre me hacen los lectores una vez han finalizado una novela mía es: ¿eres tú la protagonista? La pregunta seguirá sin respuesta por aquello de la curiosidad, pero es imposible que cuando un escritor «crea», aunque sea pura ciencia ficción, no se base en modelos experienciales propios. La novela es una forma púdica de hablar de uno mismo y de los otros sin tener que pedir disculpas por faltar a la discreción o sentir vergüenza por las propias emociones. O de situar contextos y personas en un mismo tiempo cuando en la realidad fueron tempos distintos. La novela, mis novelas, son retazos de muchas vivencias y de muchas personas que a lo largo de mi vida han compartido sus vidas, sus vivencias, sus experiencias, aprendizajes y enseñanza. Son un collage de todo ello.

La reedición del presente libro me exigió una revisión completa del mismo para valorar de forma objetiva su vigencia, y soy después de esta lectura y revisión más consciente que cuando lo escribí de que sus mensajes son más vigentes que nunca, porque la única forma en que podremos tener una sociedad mejor, más justa, noble, con valores atemporales que no estén mediados ni por poderes económicos, religiosos o de modernidad social, será en el instante en que nos enfrentemos al conocimiento de nosotros mismos, aprendiendo a valorarnos por lo que somos y como somos, así como por lo que podemos aportar a los demás; encontrando nuestros dones y corrigiendo nuestros puntos débiles, aceptándonos incondicionalmente.

Cuando esto pase, podremos mirar a nuestros seres más queridos sin expectativas ni deseos, les veremos de verdad tal y como son, pero sin esperar aquello que nosotros deseamos de ellos, solo abrazando lo que de verdad tienen para dar.

Este libro tiene tres niveles de lectura o, si lo prefieren, tres profundidades. Podemos leerlo como una historia de aventuras y un hermoso recorrido por la selva y el altiplano peruano en la que nos emocionaremos —dependiendo de la sensibilidad—, lloraremos o volaremos. Luego podemos recorrer las iniciaciones de los protagonistas y preguntarnos nosotros mismos lo mismo que ellos, y encontrar algunas respuestas que nos permitan ir un poco más allá de la insatisfacción y del miedo. Y aún podemos ir más lejos y entender el significado de la vida misma, y cómo nos empuja una y otra vez, generación tras generación, a evolucionar, a ser mejores que los humanos anteriores y a dar sentido a nuestra existencia en este planeta Tierra al que nos empeñamos en saquear y destruir, olvidando que es él nuestro sustento, que dependemos de su aire y de su agua.

El Chamán es para mí «la niña de mis ojos». Fue la primera novela escrita en tiempo presente; las anteriores eran escenarios de ciencia ficción donde la autora, o sea yo, quedaba totalmente oculta y disuelta entre los personajes del libro. Fue difícil porque me exponía ante los ojos del público y me forzaba a desnudarme más de lo que yo esperaba si quería que fuera un relato que llegara directo al corazón. Pero al mismo tiempo era una catarsis, una recapitulación, y además en un momento muy delicado de mi vida; un momento de un nuevo comienzo, de un cambio de dirección brusco que no me permitiría que nada volviera a ser como era antes.

Este libro sigue ejerciendo en mí el poder de trasladarme a su interior; no puedo evitar llorar o vibrar con la pasión o sentir que el viaje que se vive en sus páginas es un viaje a lo largo de la vida. Como en todo viaje, siento que perseguimos sueños que se cumplen, que dejamos o renunciamos a otros para poder seguir adelante y evolucionar, y que cada paso que damos va configurando nuestra historia personal y la de quienes se cruzan en ella. Y me doy cuenta de que lo que sugiero en este libro para afrontar nuestros miedos y avanzar en la vida sigue igual de vigente, ya que todavía es lo que la mayoría de mis clientes/pacientes siguen viniendo a buscar a mi consulta.

Os dejo ahora con *El chamán*, no vaya a cometer un *spoiler* y os estropee la historia.

I

Mi amigo Galpi

No podía creer que estuviera realizando este viaje. Iba sentada en uno de los vagones del tren para turistas que va de Cuzco a Aguas Calientes. Totalmente sola, como la tradición exigía o al menos como me había enseñado la tradición del Viejo Galpi, mi querido maestro amazónico.

Me sentía incómoda, había recorrido muchos kilómetros desde Barcelona, primero hasta Lima, de allí a la selva para reunirme con él antes de su muerte y ahora de Pucallpa a Lima y de Lima a Cuzco, con parte de sus cenizas para entregárselas a «La Montaña Joven», al Wayna Picchu.

Me quedaban más de dos horas de viaje en tren, después tendría que tomar el autobús que me llevaría a Machu Picchu y caminar por la escalada montaña del Wayna Picchu. Pero después ¿qué ocurriría en nuestras vidas? Nos quedábamos todos sin nuestro fiel y querido amigo, sin nuestro maestro.

El tren traqueteaba impenitentemente y yo temía que la mochila se cayera del estante y se rompiera la vasija de barro que contenía una parte de las cenizas de Galpi. Miraba por la ventana aquellos paisajes tan familiares, pero jamás un viaje al Machu Picchu había sido tan triste y solitario.

Las lágrimas rodaron por mis mejillas, era una extraña pena, mezcla de alegría por el alma que partía, ya que lo había hecho en el *momento y modo en que él deseaba, y de tristeza, pero por mí. Ya no podría recibir de él sus silencios llenos de respuestas. Ya no podría disfrutar más de sus cálidos abrazos.*

¿Cuántos años hacía que le conocía? Intenté esforzarme por recordar y me encontré buceando en los recuerdos de mi infancia.

La primera vez que le vi fue en la hacienda de mi padre, un hombre de negocios que arrastró a toda la familia hasta allí, el Valle Sagrado de los Incas. Tendría unos siete años, el colegio había finalizado en España y las vacaciones escolares fueron aprovechadas para trasladarnos a Perú. Hacía frío en nuestra nueva casa. No entendía que en Barcelona hiciera calor y fuese verano y en cambio allí hiciera tanto frío y fuese invierno; nadie me explicó que habíamos cruzado el ecuador de la Tierra y, por lo tanto, ahora todo era a la inversa.

Me sentía muy sola en aquella casa de diez habitaciones y una enorme cocina donde las nativas que cuidaban de todo se reunían a chismorrear en quechua, su lengua indígena. Cuando yo entraba, todos callaban, y así seguían todo el tiempo que permanecía en la cocina. Fuera, la extensión de terreno era enorme, había grandes árboles y una frondosa espesura. Para una niña de ciudad como yo eso me provocaba curiosidad mezclada con un gran miedo. Era incapaz de penetrar más de tres metros en aquella «jungla verde». Cuando lo intentaba, sin poder controlar mi mente imaginaba la cantidad de serpientes y bichos extraños y peligrosos que podían atacarme, y presa del pánico regresaba corriendo.

Pero aquello era aburrido y solitario. Ningún niño jugaba conmigo, sus mamás no les dejaban acercarse y yo les tenía recelo; iban sucios, con mocos, con la ropa rota y sin zapatos. ¡Con el frío que hacía!

No entendía a sus mamás, no les limpiaban los mocos jamás...

Llevaba ya una semana allí, en el rancho Valle Feliz, y el único amigo que tenía era un perrito que había encontrado abandonado en una de mis incursiones fugaces al medio bosque que rodeaba la casa. Mi madre le había quitado las pulgas rociándolo con un spray. Fue tan exagerada que casi me deja sin perro; estuvo malo un par de días, pero había sido su condición para que pudiera quedármelo.

Esa mañana especial que conocí a Galpi no parecía ser muy diferente de las demás. Mi padre me despertó abriendo las ventanas de par en par, dejando entrar la luz, y golpeteó dulcemente mi pompis canturreando la canción de la serie televisiva *Bonanza*. Así lo hacía cada día.

Me lavé, el agua salía agradablemente calentita, y me vestí con un jersey y ropa de abrigo. Allí solía llevar falda y medias de lana. Cuando salía de la casa, usaba el tradicional poncho y unos guantes de lana que picaban una barbaridad.

Bajé del piso alto donde estaban los dormitorios a la cocina para desayunar. Como era ya habitual, las mujeres callaron. Me hacían sentir su enemiga. Míriam, la más joven de las sirvientas, me peinaba todos los días con trenzas que algunas veces convertía en diademas en mi cráneo.

—Mire, señorita, hoy le puse las trenzas enrolladas en los lados. Parecen dos caracoles, está usted muy linda.

Yo aborrecía sus peinados y esas trenzas estilo «tonta del bote», pero allí todas las mujeres se peinaban con largas trenzas y ya me sentía bastante marginada como para atreverme a mostrar mi disgusto.

Escondí galletas en mis bolsillos, busqué mi poncho y salí de la casa. Mi perrito solía acudir de inmediato al oír mi voz llamándole.

—¡Solito!, ¡Solito! Ven, mira qué te traigo. ¡Solito!, ¡Solito!…

Sin embargo esa mañana no acudía y tampoco le oía ni le veía. Comencé a angustiarme. Seguí llamándolo, mientras giraba alrededor de la casa. Entré en los establos. Jamás había entrado allí, me pareció un lugar lúgubre, sucio, lleno de moscas a pesar del frío, y los bufidos de los caballos me producían mucho miedo. ¡Yo era una niña de ciudad!

—¡Solito! —lo llamé de nuevo—. ¡Solito, ven, no me hagas esto! Tengo miedo. ¡Solito!

Estaba tan asustada que no vi en ningún momento la sombra que estaba a punto de interceptar mi paso. De pronto algo sujetó mi brazo izquierdo, mientras colocaban frente a mi cara a Solito, lleno de sangre y sin dar señales de vida.

Grité y grité, hasta que uno de los trabajadores de la hacienda entró en el establo y en su idioma ordenó a la sombra que me soltara. Miré al indígena que llevaba al perro en brazos. Era muy deformado físicamente, algo retrasado y desdentado. Soltó a Solito y cayó al suelo desmadejado como un muñeco de trapo. Entonces vi un ancho corte en su cuello.

El hombre que había hablado me abrazó, intentando tranquilizarme.

—Señorita, tranquila, no le hará nada, ese muchacho está enfermo y no sabe… Tranquila, ya pasó todo. —El hombre vio entonces al animal en el suelo y dijo—: Dios, pobre animal, alguna alimaña le habrá atacado esta noche. ¿Era suyo?

Lo preguntó con tanta dulzura que me puse a llorar mientras me arrodillaba junto a él y al perrito.

—Sí, se llamaba Solito, como me siento yo —le contesté como pude. Intentaba secar mis lágrimas, pero estas seguían brotando. Entonces le pregunté lo que más me angustiaba en ese momento—: ¿Cree usted que sufrió mucho? Pobrecito, yo quería dormir con él en casa. Murió solito.

El hombre, un indígena robusto de unos cincuenta años y muy alto para los hombres de allí, acarició mis mejillas. Hizo un gesto como si pensara lo que debía responderme.

—No sufrió, lo atacaron por sorpresa. Ni debió enterarse de lo que ocurría, hasta que su alma se encontró en el cielo de los perros.

Me sorprendió su respuesta, pero me alivió.

—¡Uf, qué bien! Solito no sufrió. Pero… ¿hay un cielo para perros? Papá dice que nos morimos y nos convertimos en gusanos, que hay que vivir hasta reventar. Yo no lo sé, pero alguna vez estando dormida he viajado a casa de mi abuela y he podido hablarle y besarla. Ella cree que tenemos un corazoncito que sigue vivo después de morir. ¡No sé! —suspiré muy abatida.

El hombre se puso en pie, recogió del suelo a Solito y lo envolvió en un trapo que llevaba cogido detrás en sus pantalones. Me dio su mano para que me levantara.

—Creo, señorita, que su perro merece un entierro digno, para que pueda ir al cielo que le corresponde.

Salimos ambos de los establos agarrándome muy fuerte a su mano. Él me transmitía una gran seguridad. Me llevó hacia el bosque, y al entrar en él volví a sentir un nudo en el estómago. Así era como yo somatizaba siempre el miedo.

Caminamos en silencio al menos cinco largos minutos en dirección al corazón del lugar. Él fue el primero en romper nuestro silencio.

—Me llamo Galpi, soy un indio amazónico.

Volvió a callar, entendí que debía presentarme.

—Yo soy Elenita, bueno, me llaman así mis papás, y soy una «india catalana». Mis papás dicen que también nos han perseguido por nuestro idioma y nuestras costumbres. Un dictador que vive en mi país.

De nuevo el silencio. ¿Y si se había enfadado? Yo no era una india, ¿o sí? Me gustaban tanto las películas de indios y vaqueros. Yo siempre era una india buena, que montaba a caballo en mis juegos.

Galpi sujetaba con fuerza mi mano, el hombre percibía mi miedo.

—Ahora haremos aquí una pequeña hoguera. Así es como los indios entierran a sus héroes. Al quemar el cuerpo, el alma de su perro se liberará y podrá ir a su cielo, a la matriz creadora de los animales iguales a él. Si él va muy rápido al cielo, usted Elenita podrá hablar con Solito, cada vez que se sienta perdida en el bosque. Ayúdeme, vigílelo mientras yo preparo la hoguera.

Con gran parsimonia fue colocando tronquito a tronquito, haciendo una pira. Cuando hubo acabado, buscó trozos de hierbas secas para que el fuego prendiera rápido. Tomó a Solito entre sus manos y le dirigió unas palabras.

—Adiós, amiguito, que encuentres rápido tu cielo… ¡Gracias, Solito! Gracias hermanito por los días de felicidad que le diste a nuestra hermanita Elenita. Gracias por traerla a mí para que ya no esté tan solita. Que Mamá perro te acoja en sus brazos y cante la nana del amor eterno.

Guardó silencio. Yo volvía a tener lágrimas en los ojos. Le acaricié, estaba desagradablemente frío. Galpi me miraba. Sin más yo también necesité despedirme.

—Gracias, Solito, me has dado tanto en estos días que jamás podré olvidarte. Ojalá pudiera verte de nuevo algún día, aunque solo sea en esos extraños sueños; no me sentiría tan sola. ¡Te quiero!

Galpi depositó con gran respeto al cachorro en la pira, pronunció palabras que no entendí, encendió el fuego y me cogió de la mano mientras rezaba algo en su idioma. Yo recordé el «Jesusito».

El olor era inaguantable, y Galpi se dio cuenta de que me angustiaba. Nos retiramos unos metros. Dulcemente se dirigió a mí:

—Ahora cierra los ojos y háblale deseándole que no tenga miedo y siga la luz.

No sé qué magia ocurrió, pero yo vi con los ojos cerrados salir al perro de su cuerpo igual que yo hacía en mis extraños sueños, y encontró un camino que unía la tierra y el cielo tan hermoso como el arcoíris, y que al oír mis palabras tomó sin miedo. Antes de perderse de mi vista, no pude más: abrí los ojos y… ocurrió un prodigio. Podía ver el alma de Solito caminando por la luz de colores que unía el cielo y la tierra con los ojos abiertos. Escuchó mi «Hasta pronto» y antes de desaparecer en la lejanía me ladró. Con mi mano le dije adiós.

Emocionada y sin pensar, me dirigí a Galpi.

—¿Lo has oído? ¿Verdad que lo has visto?

El hombre me sonrió, para mí fue suficiente respuesta.

—Vamos, señorita, debo volver al trabajo. Hablaré con las mujeres, usted es una auténtica indita.

Desandamos el camino en silencio. Por vez primera y no última, escuché los sonidos del bosque, de mi bosque.

El ruido interior del tren me devolvió de nuevo al presente. Hoy yo enterraría a Galpi.

Qué curiosa era la vida, con él todo habían sido finales y comienzos. Ahora era su propio final. ¿Qué comienzo significaría para mí?

II

Días felices en el Valle Sagrado

De nuevo, el traqueteo del tren me trasladó a aquellos momentos de mi juventud...

Desde aquel día, las mujeres me aceptaban en la cocina, cuchicheaban sus secretos y me enseñaron a hacer filtros amorosos, brebajes curativos y alguna que otra magia para aprobar exámenes o encontrar algún trabajo.

Galpi me llevaba al bosque, donde me mostraba las diferentes plantas y sus poderes curativos. Me enseñaba a observar a los animales y a descubrir sus poderes.

Mientras, yo iba creciendo, cumpliendo años y acabando estudios. Posteriormente viví en un internado en Estados Unidos, contando los días que faltaban para poder volver a mi bosque y a mis aprendizajes reales.

Mi amistad con Galpi era maravillosa. Me enseñó a controlar esos sueños en los que yo podía volar, y que él llamaba «salir en astral». Siempre que lo necesitaba, me acostaba, respiraba de la manera especial que Galpi me enseñó y en unos quince minutos el milagro ocurría: me encontraba a su lado. Y lo mejor era que Galpi siempre me veía. Ni mi madre ni mi padre me habían visto ni oído; solo después de alguno de mis viajes astrales mi madre me llamaba por teléfono algo inquieta, pues le había parecido oír cómo mi voz le susurraba al oído: «Mami, mami». Mi madre siempre temía que eso significara que había sufrido algún trágico accidente y me telefoneaba a la «escuela de señoritas».

Fue un regalo del cielo el aprender a respirar de esa manera. Sin embargo, un fatídico verano americano, invierno peruano, mi padre nos dijo que nos despidiéramos del Valle Sagrado, pues marchábamos a Chile, porque sus negocios le obligaban a trasladarse a aquel país. A mi madre y a mí nos sonó a uno de sus rollos: siempre se cansaba, jamás aguantaba demasiado tiempo en el mismo lugar. Pero lo peor fue cuando me comunicó que yo no iría con ellos, pues Chile no era en ese momento un lugar tranquilo, así que me mandaba a una «escuela de señoritas» en España. Volvía a casa, pero no a mi casa; estaría sola sin ellos y sin mis entrañables amigos. También me dejó claro que tardaría todo el curso en poderme reunir con ellos en Chile. Ni fines de semana, ni Navidades…

Mi padre no soportaba las lágrimas, así que aguanté el tipo hasta que terminamos de comer. Mi madre argumentó estar muy cansada por el frío y se retiró, supuse que a llorar. Así que yo salí corriendo en busca de mi amigo.

—¡Galpi, Galpi! —grité con ansiedad.

Al fin le encontré en el establo. Estaba echado sobre la paja, descansando después de la comida. Mis ojos eran ríos de lágrimas.

—Galpi, me echan de aquí —le dije.

Entonces yo me abracé a él. Y sorprendido e intentando mantener la calma, él me preguntó:

—¿Qué ocurre, señorita? No creo que hayas hecho nada tan terrible como para que tus papás te echen de casa.

Con la manga de mi camisola me limpié los mocos y las lágrimas.

—No, pero mis papás se van a Chile y yo no regreso al Norte, sino a mi casa de España.

El indígena se separó de mí y su semblante se volvió sombrío.

—El amo dijo hace unos meses que abriría nuevos negocios y que cerraría la casa —dijo—, aunque seguiríamos criando caballos y vicuñas. Bueno, señorita Elenita, deberemos aceptar esta separación en nuestros caminos, pero nunca dude, mi niña, que nos volveremos a encontrar. Usted es mitad india ya. ¡Una guerrera india!

Al oír que me llamaba «guerrera india» dejé de llorar.

—Galpi —le dije muy seria—, hagamos un corte en nuestras venas y unamos nuestra sangre, así seremos hermanos. Lo he visto en las películas de la tele.

Él rompió a reír a carcajadas y yo me enfurecí, apreté las mandíbulas y cerré los puños muy fuerte. Al ver mi postura, Galpi me abrazó.

—Señorita, no coja ninguna irritación. Antes de dos días, tendré preparado para usted un ritual de despedida donde se hará hija de mi tribu para siempre. ¿Alguna vez le he contado de dónde soy?

Lo miré con gran curiosidad. Imaginaba que él era peruano, pero ¿de dónde venía?

—No, no sé de dónde eres —le respondí.

La voz de mi padre llamándome desde el porche de la casa cortó aquel momento de misterio y confidencias.

—Vaya, señorita, vaya que su papá no se enfade. Nos vemos esta tarde antes de la cena y yo le cuento de dónde soy.

Salí corriendo del establo hacia la casa.

—¡Ya voy, ya voy!… —gritaba.

Mi padre se sentía culpable y me llevó a la ciudad de Cuzco a comprarme un regalo. Durante el viaje me habló de sus sueños y quimeras. Yo le escuchaba embobada, aunque siempre hacía lo que él quería sin contar con nuestra opinión. Le admiraba, era un padre original, diferente a los demás.

Regresamos tarde. Con la excusa de no agobiar a mi madre, cené en la cocina un sándwich y salí corriendo hacia la casa del capataz.

Galpi me esperaba ataviado con una extraña indumentaria. Llevaba encima de su ropa una especie de vestido hecho de tela de algodón, totalmente decorado con unos dibujos que creaban formas laberínticas en color marrón. En la cabeza portaba una diadema oscura ancha de la que colgaban unas extrañas caracolas que producían un curioso sonido al moverse y chocar entre ellas.

En el recuadro que era su casa solo había una mesa, una silla y una mecedora. Me invitó a sentarme en la mecedora. Tenía un fogoncito donde debía calentar su comida y en un rincón, en una estantería, guardaba su cuchara, su plato y su taza. Así de sencillo era el mundo externo del indígena, pero su mundo interno, como más tarde pude comprobar, no cabía en aquella casa.

Me senté en la mecedora dispuesta a escucharle. Él se sentó frente a mí en la silla, encendió despacio su pipa de madera tallada a mano y pulida a la piedra y habló:

—Tabaco, mi maestra, haz que halle la forma correcta de explicarle a mi hermana qué hago y de dónde vengo. ¡A tu espíritu sabio invoco, planta maestra! —Hizo una larga pausa. Luego dio una profunda calada a la pipa antes de romper el ya tenso silencio—: Verá, señorita, yo vengo del interior de la selva amazónica, de un mágico y bello lugar, la laguna Yarinacocha. En esa zona viven las aguas que alimentan al «papá» de los ríos: el Amazonas. En ese corazón de vida residen bellos pájaros con plumas de muchos colores, magníficos otorongos[3] que conviven con venados; mariposas que parece que toquen las castañuelas al batir sus

---

3 Felino anaranjado de América del Sur.

alas para aparearse; plantas verdes enormes y árboles altísimos que algunas veces cruzan las nubes en su intento de tocar el cielo; flores de tantos colores que la imaginación nos queda corta…

»También en el corazón de ese lugar nacen las *plantas de los dioses*, que ayudan a los hombres como yo a saber cosas del mundo del otro lado, donde viven los espíritus que han creado la naturaleza y la bondad humana. Allí las personas viven en pequeñas comunidades de hombres, mujeres y niños, todos muy juntos, como están aquí las viviendas de los trabajadores, pero allá es para protegernos de los otorongos y de otros animales salvajes, pero también para mantener nuestras costumbres ancestrales. Las mujeres tejen ropas, hacen collares y artesanías, mientras los hombres pescan, cazan o suben a los árboles para coger sus frutos.

De nuevo aspiró el humo de su pipa, dejó los ojos en blanco, recordando así sus vivencias en su comunidad. Yo respeté su silencio, su voz me inducía a adentrarme en la imaginación y ya podía ver en mi mente aquel lugar lleno de árboles a orillas de la laguna Yarinacocha, por lo que saboreé su silencio dejando recrear mi fantasía.

—En esas comunidades existen hombres y mujeres que velan por la salud de sus habitantes —continuó—. También intentan mantener vivas las tradiciones y hablan con los espíritus de la selva para que nada malo les ocurra a sus hombres, mujeres y niños. —De nuevo un largo silencio. Su tono de voz subió exageradamente cuando retomó el discurso—: Yo soy uno de esos hombres, un curandero shipibo[4].

Abrí los ojos de par en par, para una niña de nueve años aquello sonaba a un título muy importante. Ahora, años después, sé que es importante.

---

4 Los shipibos son un grupo étnico de la amazonia que vive a orillas del río Ucayali.

Galpi bajó su tono de voz y puso una de sus manos en mi antebrazo.

—Si estoy aquí es porque otro hombre sabio me está enseñando el manejo de una planta sabia del altiplano, la hoja de la coca —me confesó—. Cuando lo aprenda todo sobre su sabiduría volveré con mi gente hasta que nuestro curandero fallezca y yo deba ocupar su lugar. Hace tiempo te enseñé a viajar; pasado mañana te enseñaré a ver en el corazón de los seres humanos. Y recuerda: algún día volveremos a vernos. Ahora vuelve a casa, si tu papá se enfada no podré enseñarte nada más.

No tenía palabras para expresar mis sentimientos, así que le besé en la mejilla. Él iba a convertirme en alguien especial. Se me olvidó la pena por tenerme que marchar del valle y me fui fantaseando con la selva y con la vida de Galpi.

Aquella noche viajé voluntariamente a alguna selva.

Impaciente esperé el transcurso de los días. Iba a convertirme en hija de su tribu amazónica. Disfruté del bosque, de montar a caballo. Mis padres se sentían felices, pues creían que mi actitud se debía a que había encajado bien el cambio de vida que habían proyectado para mí. Eran totalmente ajenos a mi proceso evolutivo indígena.

Al atardecer del tercer día las mujeres del rancho, Míriam Betsi y Techi, me invitaron a acompañarlas al río. Ellas llevaban flores y plantas aromáticas en un cesto. Galpi nos esperaba en un recodo del río. Iba vestido con su ropa ceremonial y nos recibió con una gran sonrisa.

Les entregó a las mujeres una especie de bata como la suya, con los mismos dibujos, pero de color crudo, y ellas me la colocaron, quitándome la ropa de debajo. Galpi roció todo mi cuerpo con una colonia mágica llamada «agua de Florida», escupiéndola de su boca como si fuera un spray.

Después encendió su pipa y succionó de mi coronilla no sé qué energías. Yo sentí que realmente algo en mi interior tiraba de mis pies hacia mi cabeza. Galpi fumaba, expulsaba sobre mí el humo y aspiraba. Así estuvimos un buen rato, hasta que pidió que me sentara, para él apartarse a un lado y vomitar. Las mujeres alababan entre ellas el poder del curandero y los fascinantes *icaros*[5] que realizaba para mí.

Luego me hizo estirar encima de la hierba y me pidió que colocara encima de mi corazón una hermosa flor blanca que nunca antes había visto (realmente eran un grupo de florecitas aún cerradas y que juntas hacían una flor de forma triangular como las campanillas de algunos cactus). La besé sin que nadie me lo hubiera dicho y vi que Galpi y el grupo de mujeres aprobaban mi gesto, así que aún más satisfecha la coloqué encima de mi bata en la zona de mi corazón.

Galpi tocó una *quena*[6] y de ella salió una preciosa melodía. Iba intercalando cantos y música, algunos en castellano y otros en su lengua.

—«Ábrete corazón, ábrete sentimiento, ábrete entendimiento, deja a un lado la razón y deja brillar al Sol escondido en tu interior, ya es tiempo ya, ah, ah, ah».

Iba repitiendo algo así una y otra vez.

Yo sentía fuego dentro de mi pecho. En mi mente aparecía un corazón enorme que latía con pulso rítmico y constante. De ese corazón rojo y tridimensional salían multitud de hilos en todas direcciones que lo mantenían suspendido en la nada, en perfecto equilibrio. Volvió a tocar la *quena* y sincrónicamente salió un rayo del centro del corazón rojo directamente al mío, provocando en todo mi cuerpo una fuerte explosión de amor y felicidad.

---

5 Cantos y ademanes ritualísticos.

6 Flauta de madera bilabial usada en los Andes.

Me sentí fundida con la hierba, con la tierra, pero también a la vez con el cielo, como si yo formara parte de todas las cosas y todo al mismo tiempo formara parte de mí.

Una frase resonó en mi cabeza de entre las que en aquel momento Galpi cantaba: «Eso es el amor, solo eso es el amor».

Lágrimas de felicidad rodaron por mis mejillas.

El indígena se agachó a mi lado y mojó mis hombros con agua de Florida, así como las palmas de mis manos y mi frente. Me pidió que oliera profundamente. Le obedecí.

—Ahora puedes abrir tus ojos —me dijo entonces—, y si ha ocurrido el milagro de ver «el corazón de los seres humanos», la flor blanca que tienes en tu pecho se habrá abierto y entonces serás «hija de mi tribu».

No quería abrir los ojos, tenía miedo de la que la flor siguiera cerrada. Tragué saliva y la toqué. Me pareció un poco más abultada, así que la emoción hizo que me incorporara y la mirara. Sus florecillas estaban totalmente abiertas y el conjunto era muy hermoso.

Galpi me extendió la mano para ayudarme a ponerme en pie, apoyó de nuevo sus manos en mis hombros y solemnemente me dijo:

—La flor de la ayahuasca te ha mirado al corazón y te ha aceptado, por eso desde este momento eres una shipibo, mi hermana. Usa tu corazón para hacer el bien y todo lo que has aprendido aquí, en el Valle Sagrado, guárdalo como un regalo más de los que irán configurando tu camino, mi «guerrera india».

Me abrazó. Las mujeres también lo hicieron. Me ayudaron a vestirme con mis ropas, con gran parsimonia doblaron la túnica-bata y me la obsequiaron. Aquello fue para mí el más grande de los regalos que hasta entonces me habían hecho.

Galpi se quedó en el río pensativo y yo marché con las mujeres y mi flor de la ayahuasca, mi túnica y mi emoción. Me sentía muy especial.

Los acontecimientos se precipitaron más rápidamente de lo previsto, pues a la semana siguiente tomé el avión rumbo a España y no pude despedirme de Galpi, ya que mi padre despidió a muchos de los asistentes y dejó el mínimo número de personas para cuidar del ganado hasta que vendió el rancho entero. Me fui sabiendo que no volvería más a Valle Feliz. El nombre del rancho hacía honor a mis vivencias.

III

Tiempos de oscuridad

No me adaptaba a vivir de nuevo en España, lo único estupendo eran los fines de semana que salía del colegio para ir a casa de mi abuela. Ella era una mujer muy especial, creía en mis desplazamientos astrales e incluso me comentó que una noche me percibió. Me leía libros que hablaban de la selva amazónica y de las curiosas costumbres de algunas de sus tribus.

Un día encontramos en una tienda un libro en el que salían fotografiados unos indígenas que llevaban las mismas pinturas en sus caras que las que lucía Galpi en su vestido de chamán. Me lo compró y lo releí más de cincuenta veces. Añoraba más a mi amigo que a mis padres, eso al menos decían las monjas del colegio.

En Chile las cosas iban mal. Pinochet hacía de las suyas, por lo que mis padres no podían salir del país sin el riesgo de perderlo todo y no querían que yo fuera al lado de ellos para que no sufriera sabiendo lo duro que era todo aquello. Pero yo era una niña, así que cogí una fuerte nostalgia. Para las otras niñas yo era un bicho raro, les hablaba de cosas que no entendían, incluso cuando les hablaba de Estados Unidos se reían de mí porque creían que era una mentirosa y las monjas estaban convencidas de que en esos países de infieles me había poseído algún diablo.

Estaba cada vez más delgada, más cansada y más triste. Al cabo de un tiempo, como los médicos solo me daban hierro, mi abuela me llevó a una mujer canaria que todos decían que era una gran curandera. Al oír esa palabra me sentí muy alterada; ella era lo mismo que mi amigo Galpi.

La mujer vivía en un barrio marginal, la vivienda era muy oscura y estaba llena de santos en figuras, fotos y estampitas. Todo olía a cera, luego supimos por qué. Tuvimos que esperar dos largas horas hasta ser recibidos por la curandera.

Su consulta era un cuarto bastante pequeño, debió ser en algún momento la habitación de matrimonio. Lo dedujimos por el armario doble que aún se conservaba en la estancia. En un rincón había no menos de veinticinco velas encendidas para dar luz a varias figuras de santos que se hallaban en una especie de altar.

Galpi no me producía miedo; aquella mujer sí. Cuando se levantó de su asiento aún me angustió más. Era una enana con una abultada chepa y me sentí cohibida.

La mujer dijo dirigiéndose a mi abuela:

—Doña Ana, es la niña, ¿verdad?

Mi abuela asintió con la cabeza.

La mujer colocó sus manos en mi cabeza, sus ojos quedaron en blanco y comenzó a convulsionarse y babear. Un hombre al que no había visto anteriormente salió de al lado de la cortina de la ventana y la cogió en brazos para estirarla en un diván raído de flores estampadas.

—Esta niña es una escogida —comenzó a hablar la curandera con voz ronca—. La «hacedora de sueños» en otra vida fue un hombre de religión que apoyó a los indios… No, no, a los salvajes; y ahora debe recibir un regalo de ellos.

»La niña está muy enferma, se muere, unos bichos se comen su sangre, debe volver con los salvajes.

»¡Oh, Dios! Cuánto poder hay en ella. Es clarividente, curandera y puede hablar con Dios.

De pronto, la mujer se convulsionó como en un ataque epiléptico. Su esposo, o eso me dijo mi abuela, nos exigió que nos fuéramos. Estaba muy enfadado y decía que yo le había provocado el ataque, así que aquello era culpa mía. En una cajita de cartón depositamos mil pesetas y nos fuimos.

Me puse a llorar, aquella mujer me dijo que me moriría y yo quería volver a ver a mis padres.

Mi abuela no habló conmigo de lo que habíamos vivido, secó mis lágrimas y muy seria me dijo:

—Lo sabía. Esto no era normal, ahora me escucharán los médicos.

Paró un taxi y le dio una dirección conocida por mí, la de nuestro médico de familia. No teníamos hora, pero el hombre nos recibió, mi abuela le increpó y le exigió unas pruebas para saber qué sucedía en mi organismo. Muy serio, el médico reconoció que tal vez daban demasiadas cosas por obvias y que unos análisis no estarían de más.

Así empezó un calvario que terminó en un hospital de Estados Unidos, concretamente en Houston, para recibir un tratamiento que salvaría mi vida de una terrible leucemia.

Recordaba toda esa etapa de mi vida como una obra de teatro griego, todos decidían por mí, lloraban por mí y sufrían por mí, pero nadie me preguntaba ni me respondía.

Mi padre tenía que trabajar mucho porque mi tratamiento era costoso; valía, según repetía, millones, y por eso no estaba a mi lado. Yo sabía que temía a la muerte y a los hospitales. Y mi madre no pudo estar allí, el hospital prohibió su presencia en esa zona ya que estaba embarazada y las radiaciones podían afectar gravemente al feto. Y en última instancia, si yo sobrevivía suficiente tiempo, él podía ser una esperanza para mí.

Una noche, desesperada, conectada a monitores, en una burbuja estéril y deseando morir, volé al lado de Galpi. No estaba en nuestra casa, sino en un lugar desconocido para mí, en plena selva, y estaba oficiando una curación. Me asusté, le veía diferente, alterado, danzaba, hablaba en esa otra lengua que nunca llegué a entender y soplaba humo y fuego alrededor de todos los asistentes al ritual.

De pronto se detuvo, buscó con la mirada, dejó su pipa y la antorcha en el suelo y se dirigió hacia mí. Los asistentes al ritual se quedaron sorprendidos de la actitud de Galpi, que con serenidad tendió sus manos hacia mí.

—Elenita, mi señorita, mi indita —dijo—, hace noches soñé contigo. Sé que estás muy malita, pero como no me pedías ayuda no podía interferir, no podía hacer nada.

Sus palabras fueron un bálsamo para mis miedos. Yo le hablé, aunque tenía miedo de que no oyera mis palabras.

—Galpi, te necesito, creo que me muero. Pero no puedo soportar más este dolor, estas torturas. Hace un ratito me preguntaba para qué había nacido si no le interesaba para nada a mi padre, y mi madre siempre llora por culpa de él y su familia. Y ahora, aunque esté muriéndome, solo está mi abuela. De vez en cuando siento en mi corazón una profunda tristeza que me hace pensar que jamás podré cambiar las cosas, que, haga lo que haga, jamás estarán satisfechos y no lograré que me quieran un poquito. He deseado tantas veces morirme ante sus indiferencias y sus exigencias y ahora que me muero no resulta fácil, me está costando mucho.

Galpi seguía sujetando mis manos con las suyas y supongo que con su mente controlaba todo mi cuerpo, pues al día siguiente en el hospital no entendían las desviaciones que había en los gráficos del cerebro y del corazón.

—Mi dulce indita —me respondió Galpi—, debes desear vivir o no podré enseñarte a ser curandera. Las antiguas tradiciones necesitan ser contadas por muchas personas, para que así el mundo mejore y todos seamos hermanos.

»Mi niña, escucha mi voz, guárdala en tu corazón. Todos los seres humanos tenemos un trabajo en esta vida y tú debes ser la voz de mis hermanos. Tú podrás curar la mente de los hombres y las mujeres extraviados, desorientados. Tienes en tu interior la capacidad de la compasión y la tolerancia, por eso puedes entender las flaquezas humanas. ¡Vive! No desistas, aprende de este duro momento. Debes ser médico del alma. —Recogió la pipa del suelo, aspiró fuertemente, expulsó el humo con gran suavidad sobre mi rostro y siguió hablándome—: Una mujer vendrá a ti y te ayudará a sanar tu espíritu enfermo. No dudes, te mandaré a esa mujer allí donde estés.

Mi cuerpo comenzó a temblar por la hipotermia que había provocado mi viaje astral; todo se desvaneció ante mis ojos. Perdí el conocimiento reteniendo sus últimas palabras en mi mente: «Te mandaré a esa mujer allí donde estés».

Pasé una larga semana muy ansiosa esperando la visita de mi abuela y quizá la de esa mujer…

Mi abuela me animó a seguir luchando y se agarró como a un hierro candente al estímulo de un posible futuro como médico del alma. Me ilusionaba contándome lo que hacían los psiquiatras y los filósofos, cualquiera de ellos podían ser médicos del alma.

Seguían transcurriendo los días y estaba perdiendo la fe, cada día me sentía más débil y habían pasado más de tres semanas desde aquella noche. Un gran revuelo en la sala hizo que mi abuela dejara el teléfono por el que nos comunicábamos y curiosease. No tardó mucho en regresar con una india norteamericana ataviada con plumas.

La mujer me pidió que apoyara la palma de mi mano en la burbuja de plástico que me protegía del exterior. Así lo hice y ella colocó la suya en la misma posición que la mía pero al otro lado del plástico y cerró los ojos. Entonces comenzó a entonar un dulce cántico en su lengua nativa.

Dos enfermeras aparecieron con dos guardas de seguridad y un médico. Yo me sobrecogí. Ella era la mujer que me enviaba Galpi para ayudarme y la iban a echar.

Mi abuela se dirigió a ellos, el médico se enfadó mucho y se fueron juntos a ver al director del hospital. Nunca supe cómo les convenció, pero la india vino cada día al hospital durante un mes.

A los treinta días justos, Thunderheart se despidió de mí asegurándome que ya estaba curada.

—Helen, tu alma está limpia de pena —me aseguró—. Tu corazón verá que tus papás te aman. Desde ahora sabrás entender las distintas maneras de dar amor que tienen las personas. Muchas veces creemos que los nuestros no nos aman porque no nos dan lo que esperamos de ellos. Solo nos dan lo que pueden o saben. Tú no has sabido entender su manera de amarte, pero ahora tu corazón está preparado para entender y recibir. —Hizo una pequeña pausa antes de despedirse—. Me voy. Algún día Galpi te traerá a mí y te enseñaré a curar las almas.

Saludó con la cabeza a mi abuela. Esta le regaló su abanico, pues durante el mes que estuvo viniendo a la clínica lo observaba con notoria curiosidad. No aceptó dinero, pero pidió mi compromiso de ir a su poblado con la aprobación de Galpi cuando fuera el momento.

Cuarenta y ocho horas después y sin el tratamiento tradicional completo, estaba saliendo de la burbuja para ser trasladada a una habitación normal. Allí me podían abrazar y me sentía una niña más.

Pasaron muchos años de vida normal de una adolescente, entre estudios de música, medicina, teatro y otras cosas más. Ya habíamos vivido en distintas ciudades y países de América, en la ciudad de Misiones en Argentina, en Bogotá y Cali, en Colombia, en Caracas y Maracay en Venezuela, en Cuernavaca y México D.F. Entonces, por cuenta ajena fui enviada a la amazonia peruana con un grupo privado de televisión que deseaba a alguien que pudiera comunicarse con los indígenas para conocer algunas de sus tradiciones para realizar un estudio etnobotánico, antropológico y de psicología evolutiva, de modo que la universidad donde estaba estudiando me envió a mí.

Aquel viaje fue un regalo. Mi grupo deseaba conocer las costumbres, usos y rituales de las plantas de poder de los indígenas amazónicos. Preparamos la «ruta de la ayahuasca». Aquel trabajo iba a durar varios meses. Desde que me ofrecieron la oportunidad de ir al Amazonas soñaba con encontrarme en algún rincón de esa enorme selva con mi amigo Galpi.

Habían pasado muchos años, pero aún recordaba ese día tan especial cuando me aseguró que nos volveríamos a encontrar y yo aprendería a ser «médico del alma».

IV

El principio del viaje

Salimos del aeropuerto JFK de Nueva York en dirección a Miami para proseguir el viaje a Lima. El equipo estaba formado por dos operadores de cámara, un doctor en Botánica, un antropólogo, un aventurero, un locutor «guaperas» y yo, que supuestamente iba como psicoanalista y traductora. En Lima debían unirse a nosotros un primer guía encargado del avituallamiento, los porteadores y un conocedor de las ubicaciones de los «salvajes» que debían compartir con nosotros sus conocimientos botánicos y enteogénicos.

Se suponía que el peruano que debía recogernos era un conocedor de los poblados y de los curanderos de la zona, ya que nosotros no teníamos ni idea de dónde encontrarlos, ni de cómo reconocerlos.

Por aquel entonces se estaba estudiando el uso de la mezcalina del peyote, incluso se había creado un tipo de turismo nuevo, el «ecoturismo», cuyos viajeros se desplazaban hasta Nuevo México y Sonora para degustar las cualidades del peyote. Los ecoturistas pusieron en peligro la especie botánica del peyote. Eso provocó que algunos científicos giraran los ojos al uso de las plantas indígenas e incluso desearan entender sus efectos en nuestra salud; unos a favor y otros en contra.

En plena moda «peyotera», nuestro equipo debía averiguar qué hacían y cómo se usaban otras plantas psicoactivas y así buscamos el brebaje más ancestral, el yagué o ayahuasca o el camarambi, también llamado «vino do Jurema».

Íbamos a estar muchos meses fuera de casa, por lo que nuestro equipaje era voluminoso, excepto el de Alan, que era de profesión aventurero y solo llevaba una mochila con una muda, medicamentos y barras energéticas.

Recuerdo ahora con ironía mi imagen, una auténtica Indiana Jones de uniforme perfecto, pero con tres maletas repletas de cosas inútiles en la selva, incluyendo un secador de pelo eléctrico.

Mi equipaje, al igual que el de los demás, se fue quedando por el camino como las migas de pan del cuento de Hansel y Gretel. ¡Cuánto equipaje arrastramos a lo largo de nuestra vida que se convierte en lastre que aún dificulta más nuestro camino! Al menos yo aprendí a soltarlo. También aprendí a diferenciar lo inútilmente necesario de lo realmente necesario.

Llegamos a Lima de madrugada, pasamos el control de aduana y buscamos al guía entre la multitud de personas que nos ofrecían sus servicios. Un hombre joven, pues no aparentaba más de treinta años, estatura media y facciones indígenas, nos esperaba con un letrerito en alto con el nombre de nuestro líder: «Mr. Goldman».

Goldman, el doctor botánico Nick y yo fuimos a su encuentro. Él era el típico científico ambicioso, preocupado por su investigación. No hablaba casi nada de castellano.

Le tendió la mano a nuestro anfitrión y le saludó en inglés.

—*I am Mr. Goldman. Helen, please, translate.*

El joven le sonreía mientras nos miraba fijamente. Yo traduje, tal como Mr. Goldman me pidió.

—Hola, él es Goldman y yo Helen, la única del grupo que habla bien el castellano, piensa en castellano y sueña en castellano. Mis pesadillas son en inglés. Alan, otro componente del grupo —seguí diciéndole a nuestro guía—, también habla algo de castellano. Los demás todos son sajones o gringos, como prefieras, y solo conocen el espanglish[7].

—¡Uf! —suspiró el chico—, creí que todos eran americanos. Hablo muy poco inglés, pero soy un indio shipibo, así que conozco bien la zona por donde desean ir. ¡Ah, me llamo René!

Goldman se puso nervioso, así que me exigió que le tradujera lo que el indígena estaba diciéndome y así lo hice.

El joven cogió mi bolso-mochila, nos entregó nuestros billetes y contrató a un jefe de maleteros para que entre tres arrastraran nuestro abultado equipaje y material de trabajo. Luego me dirigí de nuevo al indígena.

—¿A qué hora salimos hacia la selva? —le pregunté—. ¿Cuál es nuestro primer punto de destino?

—Salimos hacia Pucallpa en una hora aproximadamente —me respondió René—. Luego seguiremos por vía terrestre hasta el embarcadero de Puerto Callao y desde allí en barca por el río Ucayali hasta nuestro primer destino.

Le rogué que se callara y les traduje a los otros miembros del equipo, que me miraban con cierto nerviosismo. En aquel momento entendí el calvario en que se iba a convertir el viaje para mí.

Hice un gesto para que René prosiguiera y así lo hizo.

—Luego seguiremos el curso del río pasando por distintos poblados hasta llegar a la intersección con el Amazonas. Allí, ya saliendo de Perú, entraremos en contacto con un grupo religioso que utiliza la ayahuasca en sus misas cristianas.

De nuevo traducción.

René se dirigió hacia las salidas nacionales para realizar el embarque con la compañía de aviación peruana. Alan comen-

---

7 Mezcla de inglés y castellano que se habla con frecuencia en el área de Florida.

zó a ponernos nerviosos. Hasta entonces no nos había hablado del exceso de equipaje que llevábamos; tampoco sabíamos que navegar por los ríos no iba a ser fácil, pero no por sus corrientes sino por la mala calidad de los botes. Había bebido bastante alcohol en los aviones y en el bar del aeropuerto de Miami, así que soltó su lengua como un anticipo de lo desagradable que sería muchas veces durante la expedición. En inglés, refiriéndose a mí, dijo algo así:

—Esa rubia sabrá lo que es aventura. Joder no joderá, pero jodida por los zancudos[8] ya lo creo que saldrá.

De mal humor y con un ambiente enrarecido en el grupo nos dirigimos hacia la puerta de embarque del vuelo a Pucallpa. René se sentó a mi lado y Goldman al lado de Alan, para intentar que no siguiera bebiendo, además de para recordarle que el jefe era él.

El guía pertenecía a la misma etnia que mi amigo Galpi, así que sentí una gran curiosidad, pero a la vez sabía que no debía preguntarle, sino más bien dejarle que él fuera contándome.

—Señorita Helen —me preguntó René—, ¿ya le han contado el calor que hace en la zona? Pues la ropa que lleva no es la más adecuada. Las botas, bien para evitar los barros, pero su camisa y sus pantalones son demasiado gruesos. En esta época la humedad es muy elevada, y lo que no es de algodón ligero hace sudar demasiado y los turistas suelen deshidratarse con facilidad.

Sorprendida por los comentarios sobre mi atuendo, respondí denotando mi inexperiencia y desconocimiento de la selva.

—Me dejé aconsejar en la mejor tienda de ropa de aventura. Además, nadie me habló de humedad. El jefe Goldman dijo que dormiríamos en hoteles y en albergues, así que me podré duchar

---

8 Mosquitos de largas extremidades de la selva amazónica.

cada día, por lo que a medida que vayamos lavando la ropa quedará más cómoda.

—Creo que, excepto Alan —dijo René sonriendo—, nadie de ustedes sabe adónde va. ¡No dormirán en ningún hotel hasta que regresen a Lima! Nos adentraremos a través del río en la selva, lo que quiere decir que con un poco de suerte dormiremos en poblados; sin luz eléctrica, sin teléfono, y si alguien quiere bañarse lo tendrá que hacer en el río.

Suspiré.

—No, no tengo ni idea de adónde voy, ni qué hago exactamente aquí. Solo sé que persigo un sueño —dije, y callé.

Mis últimas palabras despertaron la curiosidad en el guía, que me preguntó:

—¿Dice que persigue un sueño? ¿Qué desea encontrar?

Le miré. Me sentía cansada y algo asustada.

—Deseo encontrar a un amigo. —Observé la curiosidad de René—. Un amigo muy especial, un indio amazónico que conocí siendo pequeña en el Valle Sagrado. Mi querido amigo Galpi. —René no pudo disimular la sorpresa en su rostro, así que de inmediato le interrogué—: ¡Conoces a Galpi! ¡Tú sabes dónde vive!

—No sé si se refería a usted, señorita —me contestó el hombre, incómodo—, ya que viene con los gringos, pero hace un mes Galpi me dijo que yo le llevaría a su ahijada, una española muy querida por él. Sabía que usted iba a venir, pero no sabía cómo. También me dijo que hacía muchos años que no soñaban juntos. Nos debe estar esperando, él vive en el primer poblado shipibo que visitaremos.

El corazón se me disparó, no podía creer lo fácil que había resultado encontrarle. Pero... ¿y si era él? ¡Qué horror! Después de verle debería seguir con el viaje.

A partir de aquel momento me convertí en una auténtica contradicción: feliz por la posibilidad de encontrarle tan rápidamente y angustiada por tener que proseguir el viaje sin motivación después de haber estado con él.

No me gustaba ninguno de mis compañeros y tenía la sensación que yo tampoco les gustaba a ellos, así que iba a ser un largo periplo. Me pregunté de nuevo qué hacía realmente yo allí.

Goldman deseaba conocer las plantas de poder para descubrir la panacea que le catapultara a la fama. No lo había logrado por la vía convencional, así que lo intentaba a través de lo rompedor, los alucinógenos indígenas. El único fallo en su búsqueda era que la realizaba desde la codicia y su supuesta superioridad intelectual frente al indígena.

Alan era un hombre de fortuna, un aventurero, el único que sabía disparar, cazar y luchar. También había acompañado a más de un equipo de televisión. Era el «guardaespaldas», un déspota.

Martin y Charlie, los cámaras, hacían aquel viaje porque soñaban con el premio al mejor reportaje y vivir sus momentos de gloria, lo que hacía temer que viviríamos más de un momento de peligro gratuito.

El antropólogo era el típico científico despistado, un poco mayor para las aventuras, aunque ahora me doy cuenta de que no se trataba de que con sus cuarenta y dos años fuera mayor, sino que yo con mis veintitrés así lo veía. Allí creció con él una amistad que ha sobrevivido más de quince años y que espero seguirá mucho más. Nick, así se llama, fue el encargado, al mismo tiempo que yo, de llevar una parte de las cenizas de Galpi al corazón de las tres amazonias, donde el Corazón Verde nace, para que así pudiera reposar en paz.

En aquel momento Nick era el único que me gustaba, pues mostraba un gran respeto por los indígenas y una particular forma de entender la vida, que a mí me parecía muy natural. Nick iba buscándose a sí mismo; el dinero o el prestigio ya no le interesaban, pues hacía mucho tiempo que tenía ambas cosas.

El presentador guaperas era un incordio y un auténtico hipocondríaco. Me atosigaba todo el día, yo era el único médico del grupo, pero él no entendía que yo era psiquiatra, así que se pasaba todo el tiempo preguntándome qué significaban sus síntomas. Nos amenazaba constantemente con morirse, pero no lo hizo, y para nuestra desgracia ni tan siquiera se quedó afónico.

Aterrizamos en un aeropuerto típicamente amazónico con una sola pista bastante corta, toda rodeada de vegetación. Bajamos del avión, cruzamos la pista caminando y nos dirigimos hacia una pequeña caseta de madera con techo de hojas de palmera. Unos militares bastante oscuros de piel y con pocas ganas de trabajar nos miraron muy mal.

De mala gana, una mujer policía abrió nuestros pasaportes y en castellano nos iba preguntando uno a uno qué íbamos a hacer allí. Yo traducía y volvía a responder al policía.

—Hemos venido a grabar unos documentales. Las autorizaciones de su país están en los documentos que le enseñamos.

—¿Qué han venido ustedes a hacer aquí a Pucallpa? —nos preguntó la oficial con gesto de desconfianza.

René, el guía, había reservado dos furgonetas descubiertas para transportar todo el equipo. Nos pareció todo muy deprimente, las camionetas no tenían un color uniforme, las puertas eran de otro color que la carrocería y la zona trasera estaba descubierta y llena de polvo y de barro.

Cargaron el equipaje en una de las camionetas y en la parte trasera de la otra el equipo de televisión, donde además iban sentados mis compañeros de viaje, porque a mí me sentaron junto al conductor. Nos traquetearon y nos llenaron de polvo y de barro durante más de cuarenta y cinco minutos. El poco asfalto que quedaba en la carretera estaba reventado por las raíces de los árboles que la bordeaban, lo cual dificultaba aún más el recorrido. Los zamuros[9] sobrevolaban permanentemente el cielo y los pocos niños que nos cruzamos iban sin zapatos y con las camisetas tan desgastadas que parecían apolilladas.

En aquel momento tomé consciencia de lo realmente duro que iba a resultar aquel viaje. Recordé la pobreza, las difíciles circunstancias en las que vivían los indígenas allá en la casa del Valle Sagrado de los Incas, así que la ilusión por reencontrar a Galpi fue siendo sustituida por una angustia creciente ante las duras condiciones de vida que iríamos sufriendo.

Intenté centrar mi atención en la belleza salvaje de los paisajes y recordar que solo si vivía el presente, el aquí y el ahora, no sufriría mi mente, no me haría añorar, ni adelantaría miedos por situaciones que tal vez jamás llegarían a darse, pues el hecho de pensarlas producía una inútil angustia añadida. Centré toda mi atención en intentar escuchar los sonidos que nos rodeaban, las formas de las plantas y el cielo. Poco a poco fui llenándome de la energía que desprendía el lugar. Me embargó una extraña emoción.

Por fin llegamos ante el embarcadero. Era como una gran playa llena de barquitas planas, pintadas en blanco y azul, con un techo metálico que protegía a los pasajeros del fuerte sol amazónico y de las torrenciales lluvias tropicales. Los asientos eran tablones de madera.

René indicó a los conductores de las camionetas la zona del embarcadero donde debían dejarnos y dos hombres de las barcas vinieron a ayudar a trasladar el equipaje de los coches a las dos barcas de apariencia bastante nueva.

Creo que en aquel momento todo el grupo tomó consciencia de la dureza del viaje. En aquella especie de playa de la laguna Yarinacocha había mujeres friendo los típicos costones, como

---

9 Especie de carroñeros parecidos a los buitres.

ellos llaman a las rodajas de una cierta variedad de plátanos, además de indias nativas vendiendo pulseras y collares.

Todo era pobreza, suciedad y subdesarrollo, así que se dieron cuenta de que no iban a gozar de muchas comodidades a medida que nos adentráramos en la selva. Lógicamente, John, el presentador, no tardó en montar un numerito de los muchos que se fueron sucediendo a lo largo del viaje.

—No, ni os lo penséis, yo ahí no subo —dijo—. Seguro que en ese río las aguas están contaminadas y puedo coger algún sarpullido.

—Bueno, atarte no —entró en escena Alan—, pero un buen puñetazo sí que te daré. En este río no hay contaminación, hay pirañas y anacondas.

—Pirañas y anacondas, pirañas y anacondas —repetía el presentador con la cara pálida—. Es aún peor. No subiré, no subiré, ni hablar.

Las barcas estaban ya cargadas. Yo ya había subido a una con los dos cámaras, y Goldman desistió del intento de negociar con John y también embarcó.

Nick y Alan eran los únicos que seguían razonando con John, hasta que Alan se hartó, le dio un golpe de artes marciales y lo dejó sin sentido. Dos hombres del embarcadero le tiraron dentro de la barca. Nos dejaron tan sorprendidos los argumentos contundentes de Alan que nadie le dijo nada y partimos no sabría decir si río arriba o río abajo.

Las barcas eran incómodas y las historias que nos iba contando el conductor del *peque-peque*[10] en el que íbamos nosotros no eran muy tranquilizadoras.

Nos relató con todo lujo de detalles lo voraces que eran las pirañas. También nos contó la leyenda de la noche de San Juan,

---

10 Embarcación fluvial típica de la amazonia.

cuando el bufeo colorado[11] se convierte en un hombre hermoso de pelo rubio y sombrero de copa que a través de sus poderes conquista a las mujeres más bellas y que después de seducirlas las lleva a la laguna y allí las arrastra hasta el fondo del agua, desapareciendo para siempre.

Así, poco a poco, fue creando un ambiente de tensión y miedo entre todos nosotros.

La anchura del río era enorme, tendría más de trescientos metros, lo que hacía difícil no sentir miedo ante cualquier contratiempo. La barca a su vez iba llenándose de agua y un niño indígena iba vaciándola constantemente con una cacerola. Por más que yo intentaba admirar la belleza de las dos orillas no podía, solo pensaba en las amenazas invisibles. Incluso olvidé la emoción del posible encuentro con Galpi.

---

11 Delfín de agua dulce de color gris o rosa, con un bulto en la parte superior de la cabeza, lo que da pie a que los indígenas digan que lleva un sombrero de copa.

V

La selva amazónica

La humedad fue obligándonos a usar pañuelos de algodón para empapar el sudor de cara y manos, así como a desprendernos de las camisas, dejando solo las camisetas y quedando expuestos a las picaduras de los cientos de mosquitos que habitaban el río Ucayali. El agua que transportábamos con nosotros resultó insuficiente, así que íbamos humedeciéndonos con el agua del río.

John despertó aturdido de la conmoción que le había causado Alan. Me pareció cruel no atenderle, así que iba mojándole y controlándole el pulso. Su sensación de impotencia se transformó en un amargo llanto lleno de rencor hacia el grupo.

Al verle recuperarse, los dos cámaras le instaron a dirigir unas palabras al público que veía las imágenes en televisión.

—¡Eh, John, espabila! —le dijo uno de ellos—. Maquíllate un poco y háblales a los televidentes, que te darán el premio al mejor presentador por tus sensaciones selváticas. Llevamos grabado más de una hora.

—¿No me habréis grabado inconsciente?, ¡capullos! —les dijo John encabritado.

—No, tío —le respondió Martin con una sonrisa nerviosa—. ¡Venga, que somos un equipo! Anda, John, pon una mirada hipnotizadora de las tuyas y regálales una descripción de la selva con tu amorosa voz —le aduló astutamente.

El presentador transformó en décimas de segundo su aspecto desagradable, se dio unos toques estudiados en el flequillo, se dejó un poco de sudor para ambientar su imagen de aventurero, dio brillo a sus labios y miró a la cámara con ojos de pasión para emprender su relato.

—Aquí me tienen, fuera de mi plató televisivo, pero emocionado por tener el privilegio de servirles de guía en esta peligrosa aventura en el corazón de la Amazonia. Intentaré desvelarles los profundos misterios de estas tierras salvajes, con tribus inhóspitas y seres que no han visto jamás a un hombre blanco. —Hizo un provocador silencio en el que indicó al cámara que enfocara las profundidades selváticas, después el entorno solitario del río y de nuevo a él, en primer plano. Siguió relatando—: Dormiremos y compartiremos, usted y yo, los rituales más ancestrales con indígenas antropófagos y paganos que aún hoy reducen cabezas y consumen un brebaje mortal que les lleva a conectar con arcaicos dioses. ¡Vengan, acompáñenme!

Con un gesto brusco, cortó la grabación. Los cámaras le vitorearon, aunque callaron rápidamente por el gesto de Goldman ante el sensacionalista comentario que había realizado el presentador con relación a la ayahuasca y las tribus que la usaban.

—Espero que no vuelvan a usar más este tipo de comentarios y especulaciones. Estamos realizando un estudio científico y no un reportaje sensacionalista. *Okay?*

Los cámaras se relajaron, al igual que todo el equipo. El indígena que guiaba el bote también calló.

Poco a poco la majestuosidad del río, que más bien parecía un lago por lo ancho y la belleza de las dos orillas, plagadas de árboles y vegetación, más la visión esporádica de algún mono que llamaba nuestra atención fueron evocando en mí recuerdos de mi niñez con Galpi. La nostalgia me envolvió de nuevo, superando el miedo a los «monstruos» que habitaban en el lago. Un lejano olor a flores y plantas fue endulzando los recuerdos y adormeciéndome, por lo que no tenía noción del tiempo que había transcurrido mientras me encontraba en ese estado de ensoñación. Fue entonces cuando la voz de René, acompañada de un pequeño roce en mi brazo, me aclaró bruscamente los sentidos.

—Señorita, señorita, diga a todos que se preparen, que ya hemos llegado.

La barca tomó rumbo hacia la orilla izquierda, donde había una pequeña playa llena de lodo negro. Lentamente fuimos apoyándonos en la tierra hasta embarrancar la punta del *peque-peque*. Los barqueros apagaron el motor y recorrieron la embarcación caminando por el techo de metal hasta saltar encima del lodo. Los niños pasaron entre nosotros y salieron de la embarcación. Descargaron el equipo sin ningún cuidado, ensuciándolo con el lodo húmedo. Obviaron nuestras quejas y siguieron a lo suyo. Por vez primera, aunque también fue la última, John y yo protestamos al unísono. En lugar de parar las barcas en el embarcadero, donde había unos tablones de madera que protegían los zapatos y los equipajes del barro, nos dejaron en medio de la playa.

Al dar el pequeño salto para bajar de la barca nos hundimos en el barro hasta casi las rodillas. Lo peor fue cuando tuvimos que subir una pequeña laderita que nos llevaba al poblado, pues estaba todo tan resbaladizo que no había manera de dar un paso sin riesgo de caer, así que optamos por acabar de subir la cuestecilla a gatas, hasta lograr alcanzar un estrecho camino limpio de vegetación. Quedamos totalmente mojados y sucios.

El equipaje y el material fueron recogidos por un grupo de indígenas, descalzos y cubiertos con taparrabos, que sin mediar palabra con nosotros fueron adentrándose con las cosas hacia el interior de aquella maraña de plantas. René, también sucio como todos nosotros, nos indicó que debíamos seguir al grupo de nativos.

El lodo que se había introducido en el interior de las botas producía una desagradable y extraña sensación. No sabía dónde limpiar mis manos. Sentía ganas de llorar. No tenía claro si mi equipaje había sido desembarcado o si mi material médico estaba completo.

Me daba cuenta de que no estaba preparada para aquella aventura. Se suponía que estábamos en el recorrido más civilizado y ya habíamos vivido nuestro primer tropiezo, pero lo peor de todo fue lo mal que lo habíamos llevado todos.

Con lágrimas de rabia me giré para mirar al grupo, pues habían quedado todos detrás de mí. La imagen era tan patética como la mía: John iba gritándole a Goldman, recordándole que él era una estrella y no estaba dispuesto a sufrir estas incomodidades; Martin y Charlie interrogaban a Alan para saber cómo había conseguido no mancharse más que sus botas; Nick llevaba sus pantalones blancos empapados de lodo hasta las rodillas y su camisa de algodón manchada, aunque no menos que las manos y la cara, e iba mirando su sombrero de algodón verde de ala ancha, parecido a los del ejército hindú, completamente salpicado de lodo.

No pude evitar estallar en histéricas carcajadas. Todos se pararon y me dirigieron iracundas miradas. René también detuvo sus pasos tras los indígenas para ver qué otra desgracia nos ocurría. Tenso ante la situación, también estalló por contagio con mis risotadas, que acabaron contagiando a los dos cámaras. Nick se me acercó acelerando sus pasos y me cogió del brazo, obligándome a seguir caminando. Yo no podía dejar de llorar y reír al mismo tiempo.

—Cállate ya o Goldman te hará trizas —me advirtió Nick—, creo que han roto uno de sus costosos aparatos. —Se le escapaba la risa, aunque la madurez le daba un fuerte autodominio. Intentó terminar con mi ataque de risa y, ante mi pasividad, muy sobrio me reprendió—: Goldman y John no tienen buen encaje para las bromas, así que no fomentes aún más su sensación de ridículo o tendremos todos muchos problemas. Respira conmigo y podrás dejar de reír.

Me ayudó a respirar centrándome en la entrada de aire en mis pulmones y en su expulsión. Me costó muchísimo dejar de reír.

En aquellas condiciones, el camino se nos hizo más largo de lo normal. Al final del mismo apareció un grupo de casitas de madera con techos de hoja de palmera. Sus paredes estaban pintadas con unas curiosas líneas circulares que parecían un laberinto, iguales que las de la túnica de mi amigo Galpi. Más tarde supimos que esos trazados curvilíneos son parte de sus visiones con la ayahuasca y, recordando esas visiones, pintan sus canoas, sus casas, sus telas y sus rostros.

Unos niños descalzos y con camisetas raídas jugaban metiéndose dentro de un depósito de plástico que en su día debió ser utilizado para transportar gasolina, al que le habían sacado uno de los lados, mientras el más fuerte de todos ellos tiraba con una cuerda del depósito y los arrastraba. Unas mujeres que estaban pintando varias telas dejaron sus quehaceres para observarnos y ofrecernos collares hechos con semillas, mientras otros niños corrían a esconderse dentro de sus casas.

Los nativos que porteaban nuestros enseres los dejaron en el interior de una de las cabañas que habían destinado para el grupo. El equipaje estaba sucio, al igual que todos nosotros.

En el rudimentario techo de las cabañas había colgado un fluorescente y de él se deslizaba por la pared un cable con un interruptor. Me llamó la atención que allí tuvieran electricidad e incluso alentó en mí el falso sueño de encontrar las comodidades de un baño. La estancia estaba totalmente vacía, a excepción de una mesa en un rincón y dos hamacas colgadas que casi cruzaban toda la casa.

—Señorita, por favor, dígales que esta cabaña es para que ustedes puedan trabajar y la de al lado es para dormir. Yo estaré en la cabaña del curandero, que está enfrente.

Me dirigí al grupo y traduje sin añadir comentario alguno. Sin mediar palabra, todos nos dirigimos a la cabaña contigua. Al igual que la otra, carecía de puerta alguna, en cambio las aberturas que hacían de ventana, enfrentadas entre sí, estaban protegidas por una tela a modo de mosquitera. En el suelo había siete jergones sin sábanas, colchas o almohadas, pero eso sí, con sus mosquiteras correspondientes.

Buscamos el espacio de los aseos, pero solo encontramos dos palanganas descascarilladas y un cubo que supusimos debía servir para recoger agua.

—René, ¿y los aseos? —pregunté.

—Son unas cabinitas azules que están repartidas por la aldea. Son fosas sépticas —me aclaró—, el agua se recoge de un grifo bomba que hay en el centro de la aldea. Con esa agua se pueden asear, y también con el agua de la laguna si la dejan posar; la tierra queda en el fondo del cubo y al pasarla a la palangana está transparente y limpia. Hay una pequeña tienda en el poblado que tiene papel higiénico, agua potable para beber y Pepsi-Colas. No todos los días, pero a menudo una lancha les repone el material consumido. Si ustedes necesitan algo, ellos lo piden, y en el próximo envío de la ciudad se lo traerán.

El guía se dio cuenta de la creciente tensión en el grupo. Estábamos sucios, cansados y convencidos de que no íbamos preparados para todo aquello.

Salí de la cabaña y me senté en la entrada, aprovechando la altura que quedaba entre la tarima de madera del interior y el suelo de tierra. El suelo de las cabañas distaba unos cuarenta centímetros de la tierra para que la subida del río en la época de lluvias no inundara las casas.

Respiré hondo y tomé en aquel momento mi decisión de no volver a preocuparme ni angustiarme ante las incomodidades que nos irían surgiendo. Estábamos allí y no había vuelta atrás, había que vivirlo de todas maneras, por lo que decidí hacerlo de buen humor.

—René, ¿dónde podemos bañarnos? —le pregunté—. ¿Es posible que algún indígena nos ayude a limpiar el equipaje? —Todos se giraron hacia mí, sus rostros denotaron asombro—. Venga, que ya es hora de adaptarnos. Si limpiamos nuestro equipaje podremos cambiarnos. ¡Ya veréis qué bonita os quedará la piel cuando se vaya el barro! —dije con entusiasmo en inglés.

René entendió mis palabras e intentó echarme un capote; él también deseaba romper la tensión, porque temía que dejáramos el proyecto.

—Señora, ahora les digo que traigan ramas de palmera para secarlo todo mientras usted se lava en el río.

Un escalofrío me recorrió el cuerpo, lo de lavarse en el río no me ilusionó mucho.

René salió de la cabaña y de inmediato organizó la limpieza de los paquetes. Una mujer indígena bastante mayor, pero muy hermosa, fue la encargada de acompañarme hasta un recodo del río que quedaba cerrado, creando un pequeño lago. Allí la mujer me dejó al lado de unas jóvenes indígenas que se estaban lavando el pelo y despiojando unas a otras dentro del agua.

Estaban desnudas y no se veían hombres alrededor, así que me desprendí de toda la ropa. Me lavé el pelo y el cuerpo con champú. Ellas miraron con sorpresa la espuma y estuvieron riendo curiosas y divertidas al verme.

Aunque el agua era limpia, no se veía el fondo, lo que me daba angustia y algo de miedo, así que mi baño fue ultrarrápido, lo justo para quitarme el polvo y el barro.

Al salir del agua, la anciana sostenía mi toalla, con la que me cubrió, cosa que agradecí. Volvimos al poblado. La situación no había mejorado mucho, los cámaras estaban comprobando si había algún desperfecto en el equipo y nuestro presentador luchaba por conseguir lo imposible: una bañera y una cama «como Dios manda». Goldman estaba desilusionado con el equipo que le habían escogido, pues con esos «personajes» jamás podría llegar a los límites y convertirse en un investigador que hiciera historia.

Nick entró en la cabaña unos instantes más tarde. Era el único que parecía aceptar la situación e incluso disfrutar de ello. Había terminado su baño y llevaba la toalla enrollada en su cintura, le encontré un hombre maduro pero atractivo. Alto, sin grasa de sobra en su cuerpo, me recordó a Sean Conery.

De pronto sentí vergüenza por estar solo cubierta con la toalla, así que como todo el equipaje estaba ya lavado, abrí la otra maleta y saqué mi ropa limpia. Me vestí con unos shorts y una camiseta de algodón de tirantes, unos calcetines de algodón y unas botas limpias. Luego me unté con la crema repelente de mosquitos y peiné mi larga melena, recogiéndola en una cola.

Poco a poco todo fue normalizándose. El equipo limpio se fue colocando ordenadamente en la cabaña de trabajo, el suelo fue barrido y los hombres se animaron a lavarse, igual que había hecho Nick.

VI

El reencuentro

René se presentó con una comitiva del poblado, un grupito de unas quince personas que se fueron dando a conocer: el alcalde, una de las maestras, unos ancianos y ancianas y, detrás de ellos..., el curandero, Galpi.

Yo los fui presentando a Goldman y al resto del equipo de habla inglesa, hasta que me encontré frente a frente con Galpi. No podía articular palabra y salió de mi interior la niña de siete años que le conoció en el Valle Sagrado, me abalancé hacia él y me abracé fuerte a su pecho. Le encontré bajito, yo había crecido mucho desde entonces y él era el típico hombre amazónico, así que no era todo lo alto que yo lo recordaba. También le vi mayor. Para él, al igual que para mí, el tiempo había pasado.

Riendo socarronamente, aceptó mi abrazo y rompió el silencio.

—Mi niña, ¡me vas a ahogar! ¡Cómo crecisteis en este tiempo!

Sus palabras crearon duda en mi interior, temí que tal vez ya no le gustara.

Alan le explicó al resto del grupo que por lo que había podido entender de nuestra conversación suponía que yo conocía desde niña al curandero de la tribu. Eso le gustó a Goldman.

—¡Cuánto tiempo viéndote en sueños! —prosiguió Galpi—. Pero ahora ya te esperaba. Debes continuar con lo que aprendiste en el valle y lo que te dio Thunderheart. Hasta ahora has estudiado bajo el criterio de los hombres blancos, la mente humana y su psique. Eso era necesario para que pudieras entender el alma humana, el alma del indígena y el alma del planeta; antes hubiera sido imposible.

Sorprendida ante sus palabras, me aparté de él para mirarle a los ojos.

—No te entiendo —le dije mientras él cogía mis manos—, Galpi, mi viejo maestro y amigo.

—Mi niña —prosiguió serio e ignorando a todos los demás presentes—, llegaste a mí hace años porque ya eras una mujer especial. Enfermaste, y eso aún cambió más tu vida. Aprendiste a soñar, y eso fue un paso más hasta llegar aquí. Tú eres una mujer con sabiduría, pero para poder descubrirte a ti misma debías seguir unos pasos y ya lo has hecho. Estudiaste a Jung, recuerda «el sincronismo y la causalidad» y entenderás por qué estás aquí y ahora de nuevo conmigo.

Alan fue traduciendo todo a Nick y Goldman; a ambos les interesó la conversación pero por diferentes motivos. Goldman quería utilizar mi amistad con el curandero para llevarse el secreto de la ayahuasca y patentarla, y Nick ansiaba saber, conocer o, aún mejor, tocar el alma humana.

Galpi se dirigió al grupo en perfecto inglés, les dio la bienvenida al poblado y les contó que René le había informado sobre su interés por las plantas sagradas y que el poblado estaba dispuesto a ayudarles en todo, pues estaban intentando montar un hospital amazónico donde poder atender a los indígenas de la zona y que cualquier ayuda podría ser importante para conseguir su objetivo.

El alcalde y los ancianos nos habían preparado una cena de bienvenida, con bailes tradicionales y cuentos shipibos. Alán me recomendó que me llevara una chaqueta y el repelente de mosquitos; por suerte le hice caso, y Nick también, pero el resto del grupo fue literalmente masacrado por los distintos tipos de insectos de la selva.

Nos condujeron a un llano en el centro del poblado, iluminado por unas pequeñas bombillas que a su vez estaban alimentadas por unas baterías y que fueron encendidas a las seis de la tarde, cuando comenzó a oscurecer. Habían montado un pequeño escenario rodeado por tres lados con antorchas y allí los bailarines y bailarinas debían danzar y representar la historia trivial. Una bellísima nativa nos presentó la obra tradicional que iban a escenificar.

—Esta representación es en honor de nuestros ilustres invitados y de la ahijada de nuestro curandero Galpi. Se llama «El ritual de los antropófagos cashibos». Esta historia se remonta a la colonización de la selva por los curas franciscanos. —Hizo una breve pausa para tragar saliva antes de continuar su relato—: Españoles eran esos franciscanos que salieron del convento de Ocopa en Huancayo. En la representación participarán el jefe brujo, un cura, una monja, doce indios y doce indias, seis músicos, dos bombos, dos redoblantes y dos quenas. Espero que les guste nuestra tradición recuperada.

Mientras contemplábamos la escenificación, nos sirvieron la cena, arroz blanco acompañado de pescado frito y plátano frito, junto con su más preciado obsequio, una Pepsi-Cola.

En todo momento el alcalde y el grupo de ancianos estuvieron pendientes de nosotros. Si girábamos la cabeza para mirar alrededor siempre nos encontrábamos con la cara de alguno de ellos que nos sonreía expectante.

Los que estaban situados en el extremo derecho del escenario entonaban un *changanacuy*[12]. Las doce indias salieron del

---

12 Cántico-oración típico de la amazonia.

extremo opuesto donde estaban tocando los músicos, al tiempo que los doce indios entraban en escena cruzándose en diagonal mientras iban golpeando fuerte con sus pies descalzos contra el suelo. A su vez iban girando alrededor de ellos y entre ellos. Emitían fuertes sonidos ininteligibles.

Pregunté a la indígena que estaba a mi lado y me comentó que no decían palabras, sino que entonaban sonidos para entrar en el trance de la danza. Me siguió contando detalles.

—Si se fija, señorita, este baile es reverencial, los cuerpos de ellos se inclinan hacia adelante y hacia atrás.

Le pregunté por la vestimenta que usaban, pues todos lucían en la cabeza una corona de plumas de colores bellísima y en la cintura algunos unas pezuñas y otros unas conchas que al moverse hacían un sonido que provocaba una sensación tétrica.

—Las plumas de colores son de guacamayo —me contestó—, y eso que hace el sonido se llama *shacapa* y se ata a la cintura para que su sonido al moverse dé sensación de muerte.

Nick, que estaba sentado a mi lado, parecía disfrutar del espectáculo, pero no perdía detalle de las explicaciones que me daba la joven, por lo que le iba traduciendo las palabras que no entendía.

Nick comía el arroz con los dedos mientras lo iba mezclando con el pescado y el plátano con total naturalidad, como si toda la vida lo hubiera hecho. En cambio a mí me daba asco solo con ver la comida. Por cortesía mi plato contenía una cuchara, para que no me ensuciara los dedos, y ante las miradas expectantes e insistentes de los representantes del poblado tuve que comer.

Las indias llevaban un sostén muy pequeño que apenas cubría sus senos y un taparrabos con unos dibujos circulares laberínticos típicos de las tribus amazónicas, y debajo de esos cuadrados de tela, un pequeño tanga rojo. En el cuello lucían varios collares de semillas, los más hermosos eran de huairuro, una semilla redondita roja y negra, que también adornaba sus muñecas con pulseras. La corona de plumas les hacía parecer princesas y daba un aire majestuoso a su aspecto y a sus danzas. Ceñían su cabeza, colgando hasta la altura del pecho por los laterales, como si fuera una peluca de colores encima de su brillante y hermosa cabellera negra. En las piernas lucían un brazalete de plumas y en la mano una agresiva lanza.

Verlas tan hermosas con sus exóticos atuendos producía una transmutación de los sentidos, mezcla de sensualidad y desafío guerrero.

Los hombres también vestían taparrabos, pero en vez de ser de tela eran de cuero de la piel de un tipo de jabalí típico de la zona llamado *sajino* cuando era gris o *huangana* si era negro. Debajo llevaban ropa interior de color negro. También usaban collares, algunos con escamas de pez de más de cinco centímetros de ancho. Sus coronas de guacamayo eran más cortas que las de ellas, solo ceñían su cabeza. En sus manos lucían arcos y flechas.

Tanto ellos como ellas llevaban la cara pintada en rojo, negro y blanco. Su frente era una franja roja, sus ojos una franja negra y sus pómulos y nariz una franja blanca que les daba un aspecto de fieras indomables.

Una vez hubieron danzado haciendo varias coreografías que representaban distintos aspectos de su vida y forma de cazar y luchar, los hombres se acomodaron en el escenario creando una línea recta en horizontal con nosotros, sentándose sobre sus piernas, gritando y haciendo ademanes con los que manifestaban tener hambre. De vez en cuando se movían dando vueltas sobre sí mismos, para volver a la posición inicial de sentados y en hilera. Aunque siempre gritaban.

A estas alturas del espectáculo yo me sentía tremendamente agobiada y sentía crecer en mi interior la ansiedad. Poco a poco había ido metiéndome en la representación y en la música. La oscuridad del lugar, las luces de antorchas y la hoguera central y los tambores que no paraban de sonar junto con sus gritos me hacían sentir en peligro.

Las mujeres se colocaron frente a los hombres, quedando enfrentados por parejas de hombre y mujer, pero ellas en lugar de sentarse se colocaron con las piernas abiertas en paralelo, curvando su espalda hasta tocar el suelo con sus manos, apoyando la punta de la lanza en dirección al varón que tenían enfrente y elevando totalmente el culo, que quedaba al descubierto. De vez en cuando, al ritmo de los gritos que lanzaban, flexionaban ligeramente las rodillas, dando movimiento a su actitud agresiva.

Se hizo un espeso silencio, callaron los danzantes y dejaron de sonar los tambores. Lo agradecí, pues creo que si hubieran seguido unos segundos más me hubiera puesto a gritar, pero aun así la sensación de peligro seguía en mi interior.

De pronto apareció en escena, con pasos de felino, rápidos, suaves y acompasados, un indígena ataviado con un plumaje que le llegaba casi hasta los pies y un taparrabos larguísimo, y en su mano portaba un sonajero de calabaza adornado con plumas. Se notaba en su ropaje que superaba a todos en poder e intentaba impresionar con su salto tipo resorte.

No le esperaba y su presencia me sobresaltó. Nick se rio al percatarse en ese instante de mi estado de miedo.

—Señor, señor, qué niña esta —me decía cogiéndome de la mano.

No le retiré la mano porque estaba aterrorizada, más bien creo que la sujeté con fuerza, aunque mi orgullo se resintió.

Al grito ensordecedor del brujo con los brazos extendidos hacia el cielo los hombres respondieron con gritos y ademanes de asentimiento y violencia. Fue pasando frente a cada uno de ellos cual general de un ejército y con sus gritos parecía llamarles la atención. Luego hizo lo mismo con las mujeres, y al verlas en esa posición las miró denotando asombro y después con el sonajero les fue dando golpecitos en la cabeza o en las nalgas, siempre gritando y haciendo piruetas por el rectángulo delimitado por las antorchas.

De nuevo los redobles de tambor, golpes secos de bombo y sonidos de guerra. La sensación que querían crear quedaba clara, ¡era la guerra!

Apreté con más fuerza la mano de Nick, que entonces pasó su brazo por mi hombro y me presionó hacia su pecho, pero yo no le solté la mano.

El brujo se paró en el centro del escenario, con la hoguera a sus espaldas, y emitió un grito ensordecedor, al que todos contestaron. Parecían gritos de ultratumba. El mismo ritual fue repetido dos veces más.

Me acurruqué fuertemente junto a Nick, le sentí grande y poderoso, además de que su aire maduro le daba ante mis ojos un aspecto de padre protector.

Miré a los demás componentes del grupo y a excepción de Alan y Nick estaban tan asustados como yo. John incluso se había parapetado detrás de Galpi. Por vez primera en el rato que duraba aquello, sentí ganas de reír: estábamos todos acojonados por una simple representación, por el mero hecho de estar allí en mitad de un poblado selvático.

Iba a entrar en un ataque de risa histérica, cuando todo cambió en aquel rectángulo de tierra iluminado por las antorchas.

Todos los indígenas habían desaparecido y a un lado se veía a un cura celebrando misa, asistido por una monja. Varias indias que llevaban cubierto su cuerpo asistían al acto.

De pronto interrumpieron el acto religioso unos guerreros enviados por el brujo y comenzó un simulacro de matanza, quedando los cuerpos de las indígenas esparcidos por el escenario. Mi nerviosismo se volvió patente de nuevo.

Al cura lo arrastraron al centro, junto a la hoguera, donde lo estaban torturando hasta matarlo. Después de esto la monja fue llevada a rastras al mismo lugar, donde la maltrataban. Todo ocurría con tanta veracidad frente a nuestros ojos que hasta dudé de si la representación no era tal, incluso Nick se incomodó con la violencia que veíamos usar con esa indígena. Mi miedo aumentó al sentir su inseguridad, así que mi mente comenzó a vivir aquello como real.

Cuando le arrancaron él hábito a la monja, sentí en mí la vergüenza de la desnudez. Sus gritos imploraban al cura, a Dios, pedía piedad, pero la hacían sufrir y ella gritaba desesperadamente. Nadie la ayudaba, el destino estaba trazado, iba a morir. Una vez asesinada, la depositaron al lado del cura.

El brujo observaba atónito a los dos, vio en ellos algo sobrenatural y de repente gritó. Y como su hubiera sido la señal, los músicos entonaron el *changanacuy*, el ritmo del antropófago.

Todo ocurría a una velocidad vertiginosa. Los indios se peleaban entre ellos, las mujeres se estiraban de los pelos, ellos maltrataban a sus mujeres... Era la locura colectiva.

De nuevo el silencio, la quietud. Una danza reverencial en círculo, hombres y mujeres uno detrás de otro se cierran haciendo un círculo alrededor de la monja y el cura muertos. Todo se hace tan espeso que no vimos cómo los dos se vestían de indios, acoplándose al grupo, quedando solo la sotana, la cruz y el cordón del hábito en el lugar de sus cuerpos.

La música elevó a su punto más álgido la sensación de tragedia. El grupo deshizo el círculo, dando varias vueltas alrededor del escenario, para luego desaparecer de uno en uno, perdiéndose en la oscuridad.

Los nativos aplaudieron la representación que habían realizado sus amigos para nosotros. Alan también aplaudió y Nick, con un movimiento de su cabeza, me aconsejó hacerlo. Golman ordenó a los cámaras y al presentador que también lo hicieran.

Martin había estado grabando todo el tiempo la representación, así que no había tomado conciencia del mensaje implícito que a todos nos había impactado. Pero Charlie, acostumbrado también a ver la vida por el ojo en blanco y negro del objetivo, esta vez, que había sido espectador directo, estaba pálido.

Aquellos indígenas amables eran antropófagos que aún mantenían vivas sus costumbres y estaban luchando por borrar las imposiciones de los Castilla, que invadieron su país hacía más de cuatrocientos años, recuperando así sus dioses, leyendas, danzas y festividades.

Nick y Goldman me pidieron que felicitara al alcalde por la bella bienvenida que nos habían preparado y les pidiera autorización para ver de cerca los bellos tocados de plumas de los bailarines, sus vestidos y adornos tradicionales. El hombre, encantado por nuestra actitud de acercamiento, nos acompañó a la cabaña de los danzarines. Durante el corto camino que recorrimos, el hombre se sonreía una y otra vez al mirarme.

—¡Mateo! —le preguntó Alan—, ¿qué encuentra en nuestra *chuchusapa*[13] tan divertido?

El hombre entró en un ataque de risa, al igual que todos los que le acompañaban.

—Esta *chuchusapa* está *atashay*[14] —respondió mientras palmeaba en la espalda a Alan—. Ha vivido mucho el ritual del an-

---

13 Representación teatral.
14 Valiente.

tropófago, será una buena aprendiza de *macsho*[15]. Al menos eso opina *macsho* Galpi, y yo al verla también lo afirmo.

Mateo volvió a reír, luciendo de nuevo su boca con apenas tres dientes. Yo me paré, no podía más, y en un árbol vomité. Goldman se paró a mi lado para atenderme e intentó tranquilizarme.

—Helen, estos hombres fueron antropófagos e incluso en algunas zonas caníbales, pero ahora sus costumbres están muy mezcladas con las del hombre blanco. Fíjate que estamos muy cerca de una ciudad peruana regida por leyes democráticas y religiosas católicas, por lo que es indispensable un holocausto. Ellos nos necesitan para construir su hospital, de modo que no nos pondrán en su puchero.

Yo no podía razonar, mi estómago se contraía una y otra vez incluso después de haberlo vaciado por completo. Galpi, que me había observado a distancia todo el tiempo, se me acercó por detrás, apoyando su mano izquierda en mi frente y la derecha encima de mi estómago.

—Tranquilízate, mi niña, yo cuidé de ti en el Valle Sagrado, te envié a Thunderheart cuando la necesitaste y ahora te acompañaré en tu recorrido por la selva, estaré contigo hasta que aprendas y seas una *macsho*.

Me cantó una dulce nana que hablaba de flores y colores. Casi era un susurro en mi oído. Poco a poco las convulsiones en el estómago fueron cediendo y me tranquilicé.

Me sentí desfallecer de agotamiento. Galpi, con un gesto, llamó a Nick y me confió a él para que me llevara a casa a dormir. Yo protesté, debía traducir y hacer mi trabajo. Galpi insistió en que Nick se me llevara y dejó muy claro que entre Alan y él traducirían lo que el grupo pidiera saber. Alan había hecho

---

15 Cuarandero o médico tradicional.

momentos antes una demostración de conocimiento del lenguaje shipibo llamándome «pechugona» en su lengua amazónica, así que Nick me sujetó de la cintura y me llevó hasta la cabaña.

Al quedarnos solos en aquella densa oscuridad, iluminada solo por una menguante Luna, volví a sentir mucho miedo.

¿Por qué siempre tenía que buscarme complicaciones? Parecía que nunca podría llevar una vida normal y rutinaria. Me había pasado toda mi vida viajando con mis padres, no sentía pertenecer a ningún lugar y tenía pocos amigos, porque nunca estaba el suficiente tiempo en un lugar. Deseaba una vida vulgar, pero a la mínima oportunidad me embarcaba en proyectos o en retos que exigían de todo mi tiempo y mi energía.

Siempre estaba sola, desarraigada y buscando un «papá» que me cuidara, pero jamás lo tenía porque yo misma me complicaba la vida.

Era como si persiguiera un sueño, pero ¿cuál? Muchas veces criticaba la necesidad que sentía mi padre de cambiar de lugares, de ir detrás de utopías y de oír a mi madre diciéndole que para salvar el mundo había que empezar por la casa de uno mismo. Y ahora era yo la que perseguía algo, pero ni siquiera sabía qué. Miré al cielo y en mi interior sentí que huía de algo. «¿De qué?», me pregunté.

Nick necesitó llenar nuestro silencio y, sin saberlo, con su monólogo me dio la respuesta.

—Me estoy preguntando por qué, a mis cuarenta y dos años, con éxito y renombre en mi profesión, con más de sesenta libros publicados, absorbido por los viajes, las clases, la escritura y las conferencias y contento con mi soltería, he tenido que meterme en esta aventura que claramente es una trampa de Goldman, que desea llenar su ego y marcarse un tanto dentro de la ciencia etnobotánica moderna para poder pasar a la posteridad. Ha utilizado mi nombre y mi prestigio para que la televisión y la universidad costeen este disparate. Te utiliza a ti por tus conocimientos de psiquiatría y cultura indígena mientras tus conclusiones sean las que él desea. Por eso te escogió, eres novata y joven, sin credibilidad académica. Y yo, siendo consciente de ese juego, me he metido en este viaje por aburrimiento, por búsqueda o, en realidad…, por huir de mí mismo.

Sus palabras resonaron en mi interior como un eco ensordecedor: «… huir de mí mismo». Eso mismo era lo que yo estaba haciendo, huir de la vida, pero no a través de la enfermedad ni del alcohol o las drogas, sino huyendo hacia adelante, empujando más que la vida misma, llevándome a los límites de mis propios miedos.

Detuve mis pasos, me sentí desasosegada. Tenía que hablar con Galpi, pero él me había aconsejado acostarme.

—¿Qué te ocurre? ¿Te he molestado con mi conversación? —me preguntó Nick.

«Atrévete —pensé—, no disimules más, no quieras hacer creer a nadie más que eres valiente».

—Nick, tengo miedo —me sinceré con él—. Me he pasado toda la vida escondiendo ese miedo haciendo cosas intrépidas, pero no puedo más.

Ya lo había dicho, ya estaba, ahora él tal vez me rechazaría, pero qué más daba. Seguimos caminando, el corto silencio de Nick antes de contestar me carcomió por dentro.

—Mira, Helen —dijo al fin—, nunca es tarde para intentar cambiar nuestra forma de vivir la vida. Yo también huyo, supongo que de establecer una pareja; me aterran las relaciones. Temo dejar de ser yo o volver a sufrir demasiado si me enamoro de alguien. Así que hace poco apareció una mujer encantadora en mi vida y, haciendo este viaje, inconscientemente sé que la perderé. —Hizo una breve pausa y continuó—: El motivo para apuntarme al viaje fue que necesitaba descubrir mi parte espiritual, encontrar si era cierto que podíamos conectar con Dios y llegar al estado de paz e iluminación que rompe las cadenas de la vida.

Me gustó su forma de responderme, me decía que me aceptaba sin máscara, pero además él se quitaba la suya ante mí. Siguió hablándome:

—Jung nos dice en sus tratados de psicología que la meta de la vida es la evolución, y la del hombre, llegar a la individuación, para así romper su karma y terminar con las ruedas de encarnación. —Nueva pausa—. Tal vez tú y yo cumplamos con los antagónicos de causalidad y sincronicidad. Coincidimos en el tiempo en un mismo lugar de forma aparentemente aleatoria, pero los dos vamos buscando la misma lección, dejar de huir de la vida.

Me encontraba mejor, más tranquila, había superado a la niña asustada y me sentía bien al lado de aquel hombre. Él me siguió llevando de la cintura, caminando hacia nuestra cabaña sin dejar de hablar:

—Estoy convencido de que esta aventura amazónica no solo nos aportará cultura, sino que nos dará las respuestas metafísicas que vamos buscando.

Sonreí relajada. Los dos escuchamos en silencio los sonidos de la selva; la vida que se intuía a través de los sonidos era arrolladora. Las ranas, los insectos, las aves nocturnas, el tránsito de hormigas porteadoras con hojas… eran un regalo.

Llegamos a la casa. Habían encendido repelentes de insectos. Abrimos una pequeña candela para desvestirnos y acostarnos en nuestros jergones, que escogimos contiguos.

Apagamos la luz pronto, pues atraía a cientos de insectos, y entramos dentro de las mosquiteras para escondernos de ellos.

—¿Cómo conociste a Galpi? —me interrogó una vez acostados.

—Uf, es una larga historia —le respondí.

—No me importa, yo no tengo sueño. ¿Y tú?

La verdad es que aquello era tan incómodo que decidí esperar a caer rendida, así que le conté mi infancia en el Valle Sagrado y mis sueños y trabajos telepáticos desde entonces con Galpi.

Casi quedándonos dormidos, más que dirigirse realmente a mí, Nick hizo en voz alta la siguiente reflexión:

—Creo que tú eres una prueba de que el destino colectivo existe. Ahora tengo la suerte de descubrir contigo cuál es tu misión en esta vida para que todo te haya devuelto a ese chamán y sus conocimientos.

No le pude contestar nada, el grupo entró y abrió varias candelas. No se percataron del error y fuimos atacados brutalmente por los mosquitos. Corriendo, Alan apagó las velas y sin quitarse la ropa se colocó en su jergón y se cubrió con la mosquitera. Los demás le imitaron y en pocos segundos todos roncaban exhaustos por el cansancio acumulado durante el día. Nick y yo tardaríamos horas en dormirnos.

VII

La historia de Galpi

El poblado se puso en marcha alrededor de las cinco de la mañana. Estábamos intentando poner orden a los turnos de aseo cuando apareció la mujer de Galpi, Gabriela.

No sabíamos con qué agua lavarnos los dientes, y tampoco teníamos muchas ganas de ir al río. Decidí vestirme; la tarde anterior me había lavado en la orilla del río, así que pasé de todo, me limpié los dientes con dentífrico sin enjuagarme, peiné mi pelo recogiéndolo de nuevo para intentar protegerlo un poco de la suciedad, el polvo y los piojos y me unté con repelente.

La esposa de Galpi nos trajo en una jarra de hierro café azucarado con melaza y un puchero que contenía huevos revueltos y arroz acompañado de unas pequeñas semillas. Me dispuse a desayunar. Poco a poco fueron imitándome y las protestas cejaron dentro del grupo.

Gabriela tenía un mensaje de Galpi para mí.

—Señorita, mi esposo la espera en nuestra cabaña, pero sin sus amigos, después de que haya desayunado.

Me quedé sorprendida, no porque deseara verme, pues yo también lo deseaba, sino por el comentario explícito de acudir sola.

—¿Cómo voy a dejarles, si estoy aquí para traducirles y ayudarles en su investigación? —cuestioné la petición de Galpi.

Gabriela sonrió con una dulzura que salía de su interior.

—No se preocupe —me respondió—, el alcalde vendrá ahora a recogerles y les enseñará el lugar donde desean montar el hospital. También les distraerán mostrándoles las distintas clases de liana de la ayahuasca y otras plantas de poder que el poblado tiene sembradas. El guía y el otro hombre que no es científico traducirán por usted. Galpi quedó así ayer con ellos. —Bajó la voz y, susurrando, añadió—: Pero no les diga que usted irá a ver a Galpi o se darán cuenta del entretenimiento. Sea discreta.

Vi marchar a Gabriela caminando hacia su choza con ese contoneo de caderas que hace tan elegantes a las indígenas. Es extraordinario su parecido con las mujeres polinésicas; incluso las que son muy mayores, vistas de espalda, parecen jóvenes princesas de cuentos de bucaneros.

Terminé mi desayuno intentando encontrar una excusa creíble para marchar sin levantar la curiosidad de nadie, y lo único que se me ocurrió fue hacer ver que iba a las letrinas. Justo en el momento en que iba a salir, el alcalde y dos ancianos más, junto con una curandera, vinieron a recoger al grupo. Goldman quiso prescindir de mí, cosa que le fue fácil. Yo no opuse resistencia, pero no pudo despegarse de los periodistas y sus cámaras. Nick no se definió y se fue solo hacia el río.

Al llegar a casa de Galpi, sentí una vieja sensación, mezcla de amor y curiosidad, la misma emoción que sentí el día que vi por vez primera al indio en su casa, allá en el Valle Sagrado.

Volvía a ser un espacio rectangular, con pocos muebles y sin pretensiones. En cuanto a austeridad, su cabaña no se diferenciaba mucho de las de los demás indígenas. Tenía tres divisiones, un comedor-cocina-sala, un dormitorio para él y su esposa y otro para sus dos hijas, una niña risueña de cinco años y sin dientes superiores y otra de tres años más seria y reservada ante mi presencia.

Al lado de la casa había otro rectángulo de madera con cuatro columnas, una en cada esquina, sin paredes pero con techo, donde entendí que Galpi debía realizar sus curaciones.

Alrededor de la casa descubrí plantas medicinales como la chacruna, el piñón colorado, la planta del inca y, cómo no, el mapacho, su tabaco negro, ese tabaco que jamás le faltó en el Valle Sagrado.

Salió a recibirme sonriendo.

—Bienvenida mi niña a mi humilde casa. Sentémonos en el suelo y hablemos, pues quedan muchas cosas por aprender y desarrollar en ti y en poco tiempo deberás partir de nuevo con tu gente.

Me senté en el suelo, frente a él, tal como me había indicado.

—¡Uf! Tenemos todo un año para que me enseñes cosas —le dije.

Galpi cogió mi mano y prosiguió cabizbajo muy serio.

—Tú has de encauzar tu vida y yo debo entrar en el corazón de la selva para poder conseguir el cuarto nivel sin demorarme ya demasiado.

Mi rostro reflejó extrañeza. ¿Qué era eso del cuatro nivel? ¿No era él ya un «chamán», como nosotros les llamamos? ¿A qué más podía aspirar? Debió entender mi sorpresa y continuó:

—Elenita…, bueno, ahora he oído que te llamaban Helen, que encaja más con tu edad. ¿Ves?, la vida es evolución, no puedes ser toda la vida Elenita, en algún momento debiste dejar de ser una niña para aceptar ser una mujer adulta, luego serás «doña», para posteriormente ser anciana y luego, el último cambio, la muerte.

»En tu vida aprendiste a hablar, a escribir, a leer, luego estudiaste geografía, matemáticas… Cuando acabaste la primaria, estuviste preparada para estudiar secundaria; después podías seguir o no, pero valías para ir a la universidad y fuiste. Ahora debes comenzar de nuevo prácticas en el hospital y a tu consulta, si lo aprendido lo sabes aplicar, Dios te dará pacientes; si no, te los quitará. Si te los da, necesitarás aprender más, pues serás más consciente de lo que no sabes solucionar y así poco a poco serás un buen médico para tus enfermos y, cuantos más enfermos, más querrás aprender y ayudar.

»Yo crecí en una familia de curanderos, aprendí observando porque en mí había una cualidad para ello. Mi hermano es un buen carpintero, nació con buenas dotes para serlo.

»Mi abuela materna y mi papá me enseñaron todo lo que sabían sobre curanderismo, luego yo necesité saber más y fue cuando conocí a Thunderheart. Me enteré de una reunión de sabios de otras tribus en México y allí me fui. Ella me acogió y me instruyó en el arte del tabaco, el sonajero y la salvia. También me enseñó a "curar las almas". Volví al poblado y su curandero me dijo que mi poder había aumentado, que sin yo saberlo había entrado en el segundo nivel, pero que debía seguir desarrollándome para entrar en el tercero y ser ya por fin un curandero. —Iba a interrumpirle para hacerle una pregunta, pero con un ademán me lo impidió.

»Comencé a curar los sustos, los males de ojo y los males de amor, y a intervenir en las riñas para crear paz. Dominé el arte de soñar y hablar con los espíritus del bosque. Preparaba pócimas para la ponzoña y veía de vez en cuando el posible futuro del poblado o de alguna persona que acudía a mí. Un día él me dijo que tenía que darme algo más de conocimiento y para ello realizamos una dieta de once días en solitario en el corazón de la selva. En esos días entendí quién era yo y qué dominaba mi mente y mi vida. También abrí mi corazón, desapareció el miedo y entró el amor por las personas y todos los seres creados en la Tierra y los Cielos. Me llevé conmigo dos espíritus del bosque que me ayudaban con mis pacientes. Ellos me soplaban sus males y me decían cómo curarles. Tenía gente incluso de otros poblados.

Gabriela nos trajo una infusión de olor penetrante y color oscuro. No adivinaba qué podía ser, pero Galpi no me dejó remolonear mucho, y con su mano empujó la taza para que la llevara a mi boca. Prosiguió sus explicaciones:

—Ya sé que habiendo estudiado psiquiatría pensarás que estoy loco, aunque tú también vives desde muy pequeña «cosas sobrenaturales», pero a la gente que venía a mí les oía hacer ruidos o les veía mover los objetos que querían que usase en las curaciones. La verdad es que no tuve en cuenta lo joven que era y mi personalidad se volvió irrespetuosa frente a mis mayores y mis maestros. Me volví iracundo y prepotente, así que los espíritus del bosque se fueron apartando de mí; no les agradecía ni les valoraba, les creía mis esclavos, solo deseaba poder. Los mayores me temían, las mujeres más preciosas eran mías y los adinerados de la ciudad venían a mí pagándome fortunas. Un día me levanté y los espíritus me habían abandonado, de modo que salí furioso a la selva a exigirles que volvieran, pero no los sentía ni los veía. Derrotado y avergonzado, regresé a casa de mi anciano maestro y humildemente le pedí perdón y ayuda. Si ese era yo, debía arreglar esa parte de mí, y fue entonces cuando me envió al Valle Sagrado. Allí viví diez largos años apartado de mi gente, aprendiendo, de nuevo, todo.

»La planta sagrada del tabaco quitó una a una mis máscaras y me enseñó lo que más detestaba de mí, pero también lo más hermoso. James Arévalo, el Chasqui que me reeducó, también me mostró con el tabaco y la hoja de coca cómo aprender a utilizar lo peor de mí en beneficio de los demás y de mí mismo.

No podía demorar por más tiempo tomar aquel brebaje, así que bebí una pequeña cantidad de la taza. No sabía mal, era mentolado pero dulzón y su olor recordaba al eucalipto, aunque allí esa planta no existía. Lo fui tomando despacio, intentando averiguar de qué plantas estaba hecho aquel bebedizo.

Galpi prosiguió:

—Y en ese tiempo coincidí contigo, mi *dreammaker*[16]. Supe días después de conocerte que gracias a ti aprendería y que yo estaba en tu camino para que descubrieras que tus sueños, visiones y maneras de percibir el mundo eran buenas. En tu cultura habrían matado tus cualidades en lugar de potenciarlas y habrías tornado tu vida en una vida gris, entrando sin darte cuenta en la trampa de lo supuestamente normal y correcto. —Se pausó un momento y, clavando su mirada en mí, me formuló una pregunta—: ¿Te has dado cuenta de que uno de tus peores defectos es tu mayor cualidad? —Sorprendida por la inesperada cuestión no supe qué contestar. Él se lo debía de esperar, pues prosiguió su relato sin apenas darme la oportunidad de comenzar a hablar.

»Siempre necesitas a alguien para sentirte querida y aceptada, para ser como los demás crees que esperan que seas. A cada uno le das una imagen de ti a su medida. Por tu padre aprendiste a tocar piano y a leer a Kafka y a Nietzsche con nueve años; por tu abuela te especializaste en temas orientales y esotéricos, leíste a Gandhi y a Krishnamurti y aprendiste las claves del Tarot; por tu madre aprendiste a ser una psiquiatra que no debía depender de ningún hombre, que daría conferencias y escribiría libros, y ella, orgullosa, te acompañaría a recoger tus premios. A tus maestros les dedicaste el cien por cien del tiempo restante, necesitabas sacar las mejores notas. Incluso en el hospital fuiste una niña modélica, sufriste en silencio todas las villanías.

»Te has convertido en *dreammaker*. Le has dado a cada uno lo que soñaba tener: a los maestros, el mejor alumno; a tu padre, una hija con quién impresionar; a tu madre, el sueño de no depender de ningún hombre; y a mí, el despertar de tu corazón y que siempre me recordarás.

---

16 Persona que es capaz de convertir los sueños en realidad.

»El problema es que, en medio de tanta máscara y representación, no sabes quién eres. Tienes todas las cualidades para pasar al cuarto grado, así —y chasqueó los dedos—, de golpe, pero de nada te serviría si no limpias tus máscaras.

»Mi niña, tú me regalaste hacer por vez primera rituales sin angustia, sin pensar si lo hacía bien, sin pensar qué pensarían los demás de mí, sin pensar si hacía el ridículo, solo los hice y fui energía en el ritual, fui instrumento, fui. Desde entonces hago lo que debo y disfruto haciéndolo, sin pensar en mi imagen ni en lo que dirán o sentirán los demás hacia mí. Ese fue tu gran regalo para mí: me diste el tercer nivel. El conocimiento sin orgullo ni imagen. ¡Gracias! No pude dártelas en aquel entonces. Tú volviste a casa y yo también.

Hizo un silencio y se terminó su infusión. Yo estaba hecha un mar de dudas. ¿Era bueno lo que me contaba, o no? ¿Adónde quería llegar con todo su relato? ¿Qué quiso decirme con que yo podría entrar en el cuarto nivel de golpe? Solo acudían interrogantes a mi mente.

Prosiguió:

—De regreso a la comunidad, fui puesto a prueba por mi maestro. La clientela de nuevo regresó a mí, así como mi sabiduría, pero esta vez sin necesitar a los «espíritus del bosque». Todo era natural y sencillo.

»Hice varias dietas en el corazón de la selva y aprendí el manejo de la ayahuasca, así como a recolectarla, mezclarla y cocinarla. Ahora soy "el curandero", pero ha llegado el momento de intentar llegar al cuarto nivel. Muy pocos lo han conseguido sin convertirse en selva.

»Para que me entiendas, el cuarto nivel equivaldría a ser un "buda", o en otras tradiciones un "mago", un "iluminado", aquel que trasciende y rompe con el sufrimiento de la vida. He leído mucho sobre otras culturas en estos años y he tratado de entender la mía, y reconozco que me da un poco de miedo. No entiendo aún cómo debe ser la vida después de conocer sus reglas de juego.

»En mis sueños te veo como otra alma vieja que podrá cruzar el cuarto nivel, pero debemos prepararte para ello. Tú ya lo has ido haciendo leyendo filosofía, textos sobre religiones, esoterismo, practicando la meditación, con los contactos con tu cultura y con los estudios sobre la mente humana que has realizado. Ahora "la dieta" y la ayahuasca te ayudarán a prepararte para la última y máxima enseñanza y convertirte realmente en "médico de almas".

Se me hizo un nudo en el estómago. Como siempre, sentía miedo. Este último tiempo había comenzado a estudiar medicina con un grupo budista tibetano porque siempre iba buscando soluciones a las enfermedades que mi medicina universitaria no sabía dar. Tampoco aceptaba que la ciencia tuviera límites ante el sufrimiento humano y yo siempre buscaba saber más. Pero lo de convertirme en una iluminada o un buda lo veía muy lejos, yo no tenía aspiraciones de renunciante, ni de monja, y tampoco creía en las misiones especiales. Yo quería una vida sencilla, con un trabajo que me gustase, un esposo dulce y paciente y viajar aprendiendo cosas nuevas. Jamás había deseado ser un *mesías* redentor ni un gurú que dijera a las masas cómo liberarse del sufrimiento de la vida. Por otra parte, yo jamás consideré la vida como un valle de lágrimas, sino como una sucesión de hechos que podían ser mejores o peores en función de cómo los tomáramos. Así que, como mucho, lo único que podía enseñarle a la gente era a tener una mente capaz de disfrutar de lo poco o mucho que tuviera y de lo bueno o malo que viviese.

Galpi cortó mis reflexiones cogiéndose al hilo de mis pensamientos, creándome desconcierto, ya que había leído en mi mente como si de un libro abierto se tratara.

—Muchas personas piensan que ser un sabio o un gurú obliga a ir por el mundo convirtiendo a la gente —me dijo—, y no es así. La vida es evolución. Si unos pocos crecen y entienden las reglas del juego, con sus profesiones, sus actitudes y la educación de sus hijos podrán crear seres con unas mentes que puedan ser felices en cualquier circunstancia y situación. Esos, a su vez, llegarán a un punto en que también entrarán a ese cuarto grado, sin traumas ni esfuerzo, o, si ellos no lo consiguen, habrán preparado a sus hijos para que así sea.

»De esta forma ha ido evolucionando la vida a lo largo de milenios en nuestro planeta Tierra. A nosotros los indígenas los blancos nos ven como atrasados e incluso nos comparan con seres de la edad de piedra, pero no entienden que nosotros también hemos ido evolucionando en nuestras propias tradiciones y modelos de vida. Incluso los que viven en el Corazón Verde de la amazonia y jamás han conocido al hombre blanco han evolucionado en sus utensilios, pinturas, formas de caza y en sus rituales.

»Es lógico, cada vez tienen más conocimiento y sabiduría acumulada a través de sus ancestros. Así que si tú pasas a ese cuarto nivel estarás continuando la evolución. El tipo de familia en la que has nacido te lleva a tener más cualidades para realizar el cambio que a otra persona, así que aprovéchalo y pon un grano de evolución más en la masa de la transformación y así, granito a granito, pesará tanto el cambio que aquellos que se resistan a aceptar modelos nuevos de pensamiento y de formas de vivir irán, poco a poco, cediendo, también evolucionando, sin guerras, sin traumas, sin evangelización.

La idea me gustó, era como intentar cambiar un paradigma mental en mí y aprender a ver la vida desde otro ángulo diferente o, si lo había entendido bien, desde el ángulo que muestra todas las formas reales de vivir. Pero era solamente una evolución personal que no debía luego compartir, ni inculcar a los demás. Simplemente se convertía en coherencia, ser y comportarse de acuerdo al nuevo paradigma. Galpi sugería predicar con el ejemplo.

Súbitamente me embargó una gran duda, pero si mi entorno no lo entendía y era rechazada por esa otra gran masa que no acepta los cambios, o incluso le aterrorizan los cambios, el precio sería la soledad y la incomprensión de mis amigos y familiares.

Galpi también dio respuesta a mis últimos pensamientos como si no quisiera que pudieran angustiarme, y bruscamente cortó de nuevo el hilo de mis reflexiones.

—Ahora ha aparecido tu máscara. El miedo a la soledad es también una reacción de miedo a cambiar. Hay una parte de ti que se aferra a lo que la sociedad te ha dicho que era bueno y otra parte de ti que lucha por salir del engaño.

»Para poder entrar en el cuarto nivel primero tienes que desprenderte de tus máscaras y ver en tu interior tus partes positivas y tus partes negativas. Es como irle sacando capas a una cebolla y llegar a su corazón. Si haces eso, el miedo desaparecerá y con él la necesidad de ser aceptada y querida por los demás aun a costa de dejar de ser tú misma y estar más sola que nunca, pero eso sí, en compañía. ¿Qué desgracia o soledad puede existir en la ausencia de miedo y en la unidad con el amor absoluto?

—Suena muy bonito y en el fondo me ofreces encontrar lo que todos los filósofos y religiosos han ido buscando. —Esta vez hice mis reflexiones en voz alta, sin miedo a decir una tontería. Daba lo mismo, ya que Galpi leía mis pensamientos—. Me regalas llegar al estado del Buda o al estado del Mago, no importa cómo llamemos o al individuismo de Jung que, por cierto, veo que lo has leído. —Galpi sonrió pero no dijo nada, y me dejó seguir con mis reflexiones, feliz de que las expresara en voz alta—: Lo único que tengo que hacer es un autoanálisis de mí misma; dicho así suena muy fácil y bonito, pero en cambio, mi estómago sigue con un nudo de miedo. ¿Y si no quiero hacerlo?

Mi amigo me cogió la mano y me miró con cariño, y con la dulzura que le caracterizaba me habló con los ojos cerrados.

—Mi Elenita, mi niña miedosa, puedes decidir no hacer nada, pero ese grupo que va contigo te empujará. Goldman quiere la ayahuasca para aplicar sus poderes en nombre de «su» ciencia y robárnosla a los indígenas, eso quiere decir que haréis rituales, experimentaréis con vosotros mismos y sin piedad él os llevará a los límites. Nick tampoco le parará, pues él busca ver y entender qué hay más allá de lo físico, así que aceptará vivir esas experiencias. Así pues, mi niña, de una forma u otra tú sola te has metido en la boca del lobo para ser una «mujer sabiduría», una *macsho*.

Me moví inquieta, me dolía la espalda, me sentía muy incómoda en aquella posición. Los ruidos de la aldea acapararon de pronto mi atención en un intento de huir de aquella situación. Galpi tenía razón, me había metido en la boca del lobo.

—¿Cómo puedes decirme que yo he escogido esto? —le pregunté.

—Iremos dando por acabada nuestra plática de hoy —me dijo mientras me sonreía—. Pero, muchachita, tú sabes que inconscientemente provocamos situaciones que nos llevan a desenlaces concretos. Tú siempre has sentido curiosidad por la magia y por el curanderismo, siempre has creído que hay un Dios y tu curiosidad científica ha hecho que muchas veces pidieras encontrarlo, igual que Nick, así que os habéis juntado «causalmente» para coincidir con los deseos ocultos de Goldman y poder buscar científicamente a Dios. Es así de sencillo, una vez llegaste a mí…, ¿por casualidad o por causalidad? ¿Qué crees? —Tras la pregunta se levantó y salió a la calle. Yo me levanté tras él y Gabriela recogió nuestras tazas. Mientras se marchaba me dijo—: Ves a pasear, reúnete con tu grupo. Yo tengo que trabajar, mis pacientes me esperan. Ya volveremos a hablar.

Le conocía y sabía que esa despedida era un «no debemos hablar más».

Nos abrazamos y le vi dirigirse al recuadro sin paredes que estaba enfrente de su casa. Como si existiera un sincronismo perfecto entre él y sus pacientes, tal como pisó el suelo de madera de ese rectángulo apareció también en él una mujer con un niño pequeño. Me quedé contemplándolos. La mujer no terció palabra, solo le mostró al niño. Galpi tocó su frente y extendió sus enseres de curandero en el suelo, cogió al niño y se lo puso en su falda, acomodándolo en sus piernas, haciendo de cuna. Encendió un cigarro y pasó su humo por encima del cuerpo del niño. En algunas partes de él, el humo se asfixiaba, y en esos lugares Galpi aplicó túmulos de tierra y unas hojas grandes como de Potus Gigante. Cantó una hermosa canción e hizo sonar unas semillas dentro de una gran baya.

No sé el tiempo exacto que estuvo el niño con la tierra encima, pero calculé unos veinte minutos. Al retirar las hojas y la tierra, succionó la energía de esos lugares con una fuerte aspiración, mientras en su boca retenía hojas verdes de tabaco que luego tragaba junto con lo invisible que aspiraba del cuerpo del niño. Cuando dio por finalizada la curación, frotó con agua de Florida las diferentes zonas e hizo que el niño la oliera. Después hizo lo mismo con su madre.

Besó la frente del niño y lo devolvió a su madre, quien le dio las gracias y luego depositó unas yucas en un cesto al lado de la puerta de la casa de Galpi.

Tan pronto se fueron la mujer y el niño, Galpi se levantó y vomitó todo el tabaco retenido en su estómago. Sentí algo de asco, solía contagiarme de las náuseas de los demás, así que decidí ir al encuentro de mi grupo o tal vez mejor de Nick.

Al irme, miré hacia Galpi, un hombre mayor estaba pidiéndole consejo o contándole algo, así que me marché en dirección al río.

Hoy me gustaba algo más el lugar, a pesar de que el sol ya calentaba mucho y la humedad iba en aumento.

VIII

La madre de Gabriela

Me acerqué al río Ucayali por otro camino distinto al que habíamos utilizado al desembarcar. Vi un sendero, era un camino sin
hierbas, solo tierra y piedras, por el efecto de la gente al transitar
por él. Decidí que debía ser seguro, así que comprobé a dónde
llevaba, y por la dirección del mismo, supuse que al río.

Fui cruzándome con un ir y venir de nativos, unas jóvenes
porteaban agua en unas vasijas de barro, otras en calabazas pintadas con sus características cenefas, algunas nativas recogían
leña, pequeños palos de madera que iban encontrando en el camino o en sus laderas. Otros llevaban sacos muy pesados que
debían haber comprado en otra de las comunidades cercanas,
supuse que repletos de patatas o de arroz. Todos me miraban y
sonreían al cruzarse conmigo. Los niños pequeños que jugaban
en la zona salían corriendo a esconderse. Una niña que no tendría más de un año y medio se quedó quieta e inmóvil en mitad del camino; los demás niños huyeron y ella, al ver que yo me
acercaba, rompió a llorar. ¡Qué pena me dio! Pobre hija, nosotros
estábamos alterando la realidad de su mundo.

Para mí, ellos eran extraños, sus rasgos y color de piel diferentes, aunque a las mujeres las encontraba de una gran belleza. Los hombres eran guapos, pero no tan hermosos como ellas.

Ellas eran de baja estatura, delgadas pero no esqueléticas, con un pecho pequeño pero fuerte y marcado y cintura y caderas proporcionadas. Sus piernas tenían una forma perfecta y los pies eran pequeños y bien formados, a pesar de andar descalzas desde pequeñas. Lucían media melena con un flequillo recto de color negro y brillante de un pelo fuerte que caía con gracia encima de sus hombros. Todas llevaban el mismo peinado.

Ellos eran también bajitos, un metro sesenta y cinco más o menos, pero de anchas espaldas y constitución recia. No eran obesos y sus facciones, al igual que las de las mujeres, parecían polinesias, con ojos brillantes y expresivos y labios rosados pero gruesos y sensuales.

Los niños eran igualmente bellos. Iban medio vestidos, solo con camisetas los más pequeños; supongo que llevaban el culo al aire porque aún no controlaban sus necesidades. Los que tenían ya cuatro o cinco años a veces llevaban tejanos muy usados o rotos y otras veces tan solo camiseta y slip. Siempre andaban descalzos. Niños y niñas llevaban el mismo peinado, parecía que les hubiesen colocado un orinal sobre la cabeza y cortado los pelos que sobresalían. Ellas, de más mayorcitas, solían llevar a modo de faldas un rectángulo de tela marrón bordado en muchos colores, trazando el dibujo laberíntico de todos sus enseres. Se adornaban con vistosos collares de semillas y escamas gigantes de pescado. Algunas llevaban también en sus adornos dentaduras de pirañas.

Imaginé lo que aquella niña-bebé, quieta en medio del camino, debió sentir al verme. Algo parecido sentía yo, en su entorno, viéndome tan distinta a ellos.

Por fin llegué al río. Me resultó curioso que no hubiera nadie, me pregunté de dónde salía toda la gente que me había ido cruzando. Miré a mi alrededor y descubrí el misterio: otro pequeño sendero se cruzaba con el que parecía el principal unos metros antes de llegar a la orilla. En esa zona la tierra estaba más seca, no había lodo. Vi algunas maderas y las cogí para poder sentarme y contemplar el río Ucayali. Recordé que su nombre significa «torrente sucio» y entonces lo comprendí: sus aguas estaban siempre turbias y oscuras.

Me inquietó estar tanto rato sola, si los nativos no iban por allí tal vez era porque había caimanes o quizá era la casa de alguna anaconda gigante. Empecé a elucubrar fantasías, imaginé que en aquel lugar vivía la Yacumana, una mitológica boa con dos cabezas y treinta metros de largo que se vengaba de todo aquel que invadía su territorio.

Fui aterrorizándome tanto yo sola que fui incapaz de moverme de encima de la madera en la que me había sentado para no ser devorada por cualquiera de mis fantasmagóricos animales selváticos.

En ese estado me encontró una anciana indígena con unas ramas bajo el brazo a la que no oí acercarse.

—Dioses, pero qué *manchari*[17] veo en esta *huira-cucha*[18].

—¡Ay, Dios! —grité asustada—. Qué susto me ha dado usted.

—Ya, ya, si está muy *manchari*. ¿No vería a Yacumana? Coja mi mano y vayámonos de aquí, todo está lleno de nidos de serpientes.

Me daban pánico las serpientes. Al oír lo que la mujer me decía, creí que me daba algo. Le di la mano y seguí sus pasos todo lo rápido que los calambres por el miedo me permitieron.

—¡Hola! Deje que me presente, soy Imahero, la madre de Gabriela. Iba a recoger leña cuando la he visto sentada con esa cara tan desencajada.

Asentí con la cabeza para devolverle el saludo.

---

17 Susto o estado de *shock*.

18 Persona de tez blanca, rubia lechosa.

—Gracias por venir a avisarme —le comenté—, pero he ido hasta allí porque deseaba estar sola y quería pensar sobre todo lo que Galpi me ha contado.

—Bueno, cuando usted quiera estar solita me busca y yo la llevo a un lugar seguro y la dejo, claro está —me aseguró mientras se recolocaba las ramas debajo del brazo.

Retomamos de nuevo el camino que nos llevaba hacia la casa de Galpi.

—Usted...

—No, yo soy Imahero —me interrumpió la mujer.

—Imahero —rectifiqué llamándola por su nombre—. ¿Vive usted con su hija y su yerno?

—No, vivo en mi casa con mi otro hijo chico y dos nietas de Gabricla.

—¿Cuántos hijos tiene? —le pregunté con curiosidad.

—Pues hasta que quedé viuda, cuatro, como todos los del poblado, pero solo quedan vivos dos, la pequeña Gabriela, de los dos primeros que tuve, y el pequeño Deonel, de los otros dos. Mi esposo murió en el río, sus espíritus malignos le reclamaron en la noche de San Juan, el año que nació mi Deonel, hace ahora dieciséis años.

No entendí si se había casado dos veces, si tenía gemelos... Pero su respuesta me hizo pensar en la diferencia de edad entre Gabriela y Galpi y en lo pequeñas que eran dos de sus cuatro hijas en comparación con lo mayores que ya eran ellos. Mi amigo tendría más de sesenta años y Gabriela rondaría los cincuenta.

—¿Hasta qué edad tenéis hijos las mujeres aquí? —pregunté.

—Los dos primeros vienen rápido —se dirigió a mí en tono confidencial—, después de la boda el primero y el otro tarda el tiempo que la naturaleza tarda en volvernos a poder dejar preñadas. Entonces tomamos unas hierbas que preparan las «mujeres medicina» como yo —continuó explicando— y estamos estériles unos cuantos años más. Si en ese tiempo se nos muere algún niño, al pasarse el efecto, tenemos otros dos y volvemos a tomar las hierbas, y entonces ya no tenemos más. —Según pude averiguar después, la planta se llama Huaca Betonco.

»Para poder mantener el equilibrio en la comunidad no debemos tener más de cuatro hijos, pero si tuviéramos menos, nos quedaríamos sin jóvenes que nos pudieran ayudar cuando fuéramos viejos y la comunidad desaparecería. Si crecemos sin control no tendremos comida ni tierra para todos.

—Imahero, me gustaría que me enseñara sus hierbas para que yo pueda aprender a utilizarlas con mis pacientes. Yo también soy, como usted, una mujer medicina.

—Está bien —me dijo mientras me guiñaba un ojo con picardía—, yo te enseño cómo lo hice con Galpi y tú me recoges por escrito los cuentos de mi tradición. Yo me encargo de mantener vivos los cuentos, las leyendas y las canciones de los shipibo-conibo.

»Acepto el trato y les canto y recito a los niños, que tienen una gran capacidad de aprendizaje por memoria. Pero cuando yo me muera no sé si sabrán continuar mis textos; el hombre blanco les está contaminando mucho con la idea de que lo tradicional es viejo y no es válido.

Sentí la pena y la preocupación de la mujer, que aparentaba algo más de setenta años, aunque podía ser más joven.

—Está bien, voy a estar mucho tiempo aquí en el poblado —dije—, así que los cuentos los iré grabando en cintas de casete y yo los iré transcribiendo, y si no pudiera acabar de hacerlo, enviaré las cintas aquí cuando haya vuelto a casa.

La idea me gustó tanto o más que la de aprender a utilizar plantas amazónicas y métodos curanderiles. Los cuentos y tradiciones privadas de toda una cultura me habían sido ofrecidos así, sin más.

El calor era agobiante al mediodía, la humedad reinante se aposentaba en nuestros cuerpos como una capa de plástico asfixiante, aunque la indígena no mostraba indicios de calor ni de sudor.

—Hace mucho calor hoy. ¿Siempre es así en esta época del año? —quise saber.

—No entiendo a los *huira-cucha*, en verano tiene que hacer calor, en la época de lluvias, llover, y en invierno, refrescar —dijo la mujer mientras me miraba sorprendida—. Si no ocurre así, entonces deberíamos preguntar qué ocurre y quejarnos, pero los *huira-cucha* os quejáis de lo que debe ser. No os entiendo, no —y aceleró su paso dejándome sola a pocos metros de nuestras cabañas, en la puerta de lo que iba a convertirse en nuestro puesto de mando.

Allí estaban conversando John y Nick. Al presentador se le veía muy angustiado y sus gestos denotaban un estado exagerado de histeria. Nick mantenía su actitud estoica, cuanto más se exasperaba John, más tranquilo y conciliador estaba él. No me apetecía nada aguantar los numeritos del presentador, pero no tenía ni idea de hacia dónde huir. Nick, que debía estar algo harto de la situación, nada más verme me hizo gestos con los dos brazos en alto para que fuera, así que aceleré mis pasos en dirección a ellos.

—En mi contrato ponía que no correría peligros —se lamentaba John—, que dormiría en lugares adecuados a mi nivel profesional y en ninguna parte estaba escrito que debía participar en rituales salvajes. Yo no me tomaré esa pócima asquerosa que ese viejo mellado nos ha enseñado —dijo con desprecio—. Nick, yo sé que tú aportas parte del dinero de esta juerga y que mi canal de televisión avala esta locura porque estás tú. Por favor..., por favor te lo ruego, cancélalo todo y volvamos a casa.

—El líder de la expedición es Goldman, si tienes algún problema lo hablas con él —le respondió Nick de modo tajante, cansado de oírle—. Olvídate de si yo pago esto o no. Si deseas marcharte, te entregamos tu billete, pedimos que te acompañe algún indígena hasta la ciudad y luego al aeropuerto y te largas. Ahora, mucho cuidado con lo que cuentes para justificarte, pues mis abogados te destrozarán si mancillas o creas cualquier duda sobre mí o cualquiera del grupo. *Okay.*

John se sentó en unas cajas de madera que habían aparecido por allí a modo de sillas, se cubrió el rostro con las manos y comenzó a llorar. Entendí que no debía intervenir o John descargaría su rabia e impotencia sobre mí; yo era la benjamina del grupo y su machismo hacía que me viera inferior a los demás, así que mi experiencia como psicoanalista me recomendó dejarlo solo.

Nick echó a andar hacia la zona más despoblada de la comunidad, en dirección contraria al río, es decir, hacia el interior de la selva. No supe exactamente por qué, pero seguí sus pasos en silencio.

—Menudo grupo hemos formado —habló Nick al fin, aunque creo que le importaba poco si yo le escuchaba o no—. Goldman hoy va de puto culo, no se da cuenta de que le están tomando el pelo, no le enseñarán nada hasta que Galpi se lo dé a Helen. El éxito de esta expedición está realmente en ti —continuó ahora dirigiéndose de repente hacia mí—. Sí, muchacha, tú eras la llave al conocimiento. ¿Qué te ha enseñado la suegra de Galpi?

Me sentí espiada e incómoda; intenté esquivar su penetrante mirada.

—Nada, me sacó de un pequeño lío allá en el río. Luego hicimos un trato, ella me enseñaría el uso de plantas para temas femeninos y yo a cambio le escribiría los cuentos y las leyendas que ella me iría dictando, pues teme que se pierdan. —Hice una pausa y, en tono enfadado y molesto, proseguí—: No me preguntes por mi conversación con Galpi, ya que no tengo por qué contarte nada. En esta expedición tú tienes tu trabajo, que es conocer y clasificar las especies botánicas, y yo debo estudiar sus costumbres y ritos, así como el efecto que ejerce la ayahuasca y otras sustancias enteógenas en la mente humana. Por lo tanto, no tienes ninguna autoridad sobre mí, somos todos un equipo, colegas nada más.

Se dio cuenta de que me había intimidado, se disculpó y me rogó que olvidara sus malos modos, pues John le había sacado de sus casillas. Me contó que cuando yo llegué frente a la cabaña llevaban más de media hora dándole vueltas a las quejas incoherentes del presentador. Asentí con la cabeza, dando por zanjada la conversación.

Entonces un ruido parecido al crepitar de las llamas nos llamó la atención. Intentamos escuchar más atentamente y definimos el sonido como un repiqueteo de castañuelas. Nos movimos en círculos, buscando la procedencia del ruido, hasta que lo descubrimos: unas mariposas amarillas con motas marrones y negras que al batir sus alas intentaban llamar la atención del sexo opuesto para el apareamiento. Nos quedamos largo rato observando y tomando notas. Nick sacó su libreta de bolsillo y uno de sus muchos lápices afilados y fue apuntando todos los datos que le parecieron diferenciadores de esa especie de mariposa. Decidimos que a partir de aquel momento llevaríamos siempre encima una de las cámaras fotográficas y la grabadora.

Seguimos caminando. Mientras nos adentrábamos en la selva nos cruzábamos con lagartos muy verdes, con papagayos y con distintas especies de pájaros. Nick parecía reconocerlos casi todos, yo no.

Unos monos que nos descubrieron bastante adentrados ya en la selva nos dieron un buen susto saltando encima de mí y robándome de un manotazo mi coletero adornado con vistosas cuentas de colores. El animal me hizo daño, ya que al arrancar el coletero también me arrancó un mechón de cabello. De la zona comenzó a salirme un poco de sangre. Nick les gritó amenazadoramente mientras tiraba de mi brazo para salir de allí lo más rápido posible. El dolor era insoportable, pero también tenía ganas de huir de allí y refugiarme en el poblado. Una vez dentro de la cabaña me permití quejarme mientras buscaba en mi botiquín algo de yodo para desinfectarme la zona.

—Ten, Nick. Por favor, úntalo bien y coloca una gasa séptica. Sujétala con lo que puedas, hay esparadrapo. Enséñamelo con esos espejos para que vea qué pinta tiene.

Nick colocó uno de los espejos dirigido hacia la zona depilada de cuajo, mientras yo la intentaba ver con el otro espejo. Al verlo solo se me ocurrió preocuparme por lo feo que podía quedar si no cicatrizaba bien y me quedaba alopecia. En aquellos momentos todo el grupo estaba en la sala, así que de la tensión pasaron a las risotadas.

Nos llamaron para ir a comer a casa de Galpi. Allí habían preparado una mesa alargada con caballetes y maderas para que pudiéramos comer todos juntos. Sus sillas eran unas cómodas cajas rectangulares de fruta que uno de los barqueros había traído a primera hora de la mañana de un poblado cercano al nuestro donde envasaban plátanos. Agradecimos el lujo.

Nuestra comida consistió en arroz blanco y piraña asada con plátano frito cortado en rodajitas. Bebimos té, o al menos yo decidí que era té y todos lo aceptaron como tal, supongo que prefirieron no preguntar. De postre, papaya, una fruta que no soporto desde entonces: comí tanta y olí tanta putrefacta que la aborrecí, aunque aquel día nos supo sabrosísima.

Fue una comida sencilla pero suficiente. Poco a poco iríamos acostumbrándonos a hacer dos comidas al día y a vivir con lo mínimo indispensable.

Los dos días que Galpi no estuvo con nosotros porque se encontraba atendiendo su trabajo y desapareció misteriosamente del poblado, nos los pasamos Nick y yo inspeccionando la flora y la fauna de la selva más próxima al poblado. Por la noche grabábamos y copiábamos relatos que nos contaba Imahero.

Goldman y los demás fueron filmando distintas variedades de lianas y escuchando todo tipo de tonterías sobre el yague o la ayahuasca. Después de tomar café azucarado y algún plátano maduro como cena, nos reuníamos en casa de la anciana.

Su cabaña estaba tan vacía como la de los demás, la única diferencia era que ella tenía una habitación sin puerta, llena de recipientes con plantas, ungüentos y semillas, así como varios litros de ayahuasca preparada con fines curativos.

Nos llevábamos nuestras cajas para sentarnos, ella lo hacía en el suelo, y encendíamos una luz de queroseno. En ese ambiente mágico, en el que algunas veces la anciana quemaba hierbas aromáticas, comenzaba sus relatos.

Recuerdo que a Nick le gustó mucho la leyenda de Erem, hija de la mujer hombre.

IX
El regalo de Inti, el dios Sol

La noche tenía un olor especial de flores que se entremezclaban con las hierbas que Imahero solía quemar un poquito antes de nuestra llegada habitual a su casa. Decía que así los buenos espíritus venían a inspirarla. A ellos les rezaba para que le dieran permiso para contarnos sus leyendas. Si el olor se hacía intenso, quería decir «sí, adelante». En cambio, si casi no se esparcía humo y el olor era inapreciable, se la respuesta era negativa.

Según Imahero, los espíritus nos aceptaban bien a los dos. No ocurría lo mismo con John o con Goldman, que eran rechazados de forma categórica. Curiosamente con ellos no salía humo de las hierbas al quemarse, ni tampoco desprendían olor.

Habíamos intentado descubrir dónde estaba la trampa, incluso le pedí un día que invocara a los espíritus, pero quien puso las hierbas fui yo. Con nosotras todo fluyó bien; luego entraron Goldman y Nick y quemamos de las mismas plantas, sin embargo no hicieron ni humo ni olor; con Martin y Charlie hacían humo pero en cambio no olían, y cuando se fueron el olor volvía a desprenderse de las hierbas quemadas.

Imahero nos fue enseñando su arte curanderil a Nick y a mí. Él iba tomando nota de todo lo que la mujer me contaba y yo le iba traduciendo. Poco a poco se fue formando en un castellano básico, terminó entendiendo el nombre de las plantas, algunas de las cuales ya conocía en latín. Cogía muestras, las filmaba y fotografiaba, para intentar catalogarlas; también las dosificaciones y cómo tratarlas para su posterior uso. Así que poco a poco fue menos trabajoso tener que ir traduciéndolo todo, ya que a veces la mujer utilizaba palabras en shipibo que yo no entendía y Nick me miraba atónito esperando mi traducción.

Aunque al principio no sabía muy bien qué nos contaba cuando relataba los cuentos y yo no la interrumpía traduciéndolos al inglés, a él le encantaba venir conmigo solo por oír la melodiosa voz de la mujer. Pero lo más espectacular de todo eran sus gestos corporales y faciales al representar gran parte de los sentimientos de los protagonistas de sus historias. Nick reía o se emocionaba solo con verla, no le hacía falta entender.

Cada mañana transcribía el cuento a papel y luego lo traducía al inglés en una bobina del magnetófono, quedando el texto guardado para nosotros y el equipo. Así Goldman no lo consideró una pérdida de tiempo y un desvío de nuestros proyectos.

Una de tantas noches, Imahero empezó su relato…

—Esta noche os contaré una de las más hermosas leyendas de acá. —Se acomodó, quemó sus hierbas, las olió profundamente y prosiguió con sus gestos habituales escenificando la detención del rey Atahualpa—: Era un triste día para los incas, el invasor Pizarro había ordenado la muerte de su rey Atahualpa. A pesar de que los nativos habían cumplido con las exigencias de los españoles llenando una habitación con objetos de oro en pago por el rescate de su rey, estos le habían cortado la cabeza frente a todos en la ciudad sagrada.

»Uno de los más ancianos y leales sacerdotes del inca había visionado después de consultarle a su dios Sol, Inti, la salvaje acción de los invasores, así que fue recogiendo los objetos sagrados de sus templos, todos ellos de reluciente y maravilloso oro, como el dios al que representaban: el Sol. El sacerdote no estaba dispuesto a que sus sagradas creencias fueran pisoteadas por el blanco invasor, así que primero se dirigió al lago Titicaca y esperó en la isla llamada Taquile si sus visiones se hacían desgraciadamente realidad.

»Estando en la isla, donde se puede contemplar la salida del dios Sol a una altura de cuatro mil metros, con el cielo tan claro que parecía que estirando su brazo pudiera acariciarlo, recibió la funesta noticia de la muerte, a manos de los españoles, de su rey.

»Cogió una barca de totora y se fue remando hasta el mismo corazón del lago Titicaca y allí, tal como sus visiones le indicaran, lanzó todos los tesoros sagrados al lugar de donde habían salido los gigantes que poblaron el mundo.

»El sacerdote era conocido y apreciado por su sabiduría, así que, haciendo uso de ella, supuso que los blancos invasores irían en su búsqueda cuando los sacerdotes más jóvenes y miedosos, desorientados por la muerte de Atahualpa, les contaran que él había vaciado de tesoros los templos del Sol.

»De regreso a la orilla del lago Titicaca decidió adentrarse en la selva para apartarles al máximo del lugar real donde había escondido Pizarro y sus soldados los codiciados tesoros.

»Pasaron semanas hasta que las tropas españolas le encontraron. En su huida ayudó a los selváticos enseñándoles a usar distintas plantas curativas. Así que cuando los castellanos preguntaban por el anciano sacerdote, nadie les indicaba hacia dónde se dirigía, ni siquiera se ponían de acuerdo en haberlo visto. Cuando los soldados daban ya por perdido al anciano, una bruja, miedosa del poder del inca y celosa de sus conocimientos superiores a los de ella, le delató. Fue apresado y torturado durante siete días y siete noches, en los que no contó nada a sus desalmados verdugos. Cansados y entendiendo que no sobreviviría mucho tiempo más a las duras torturas y los castigos infligidos, le abandonaron a su suerte en una isla en la laguna Yarinacocha, para que las boas o las alimañas se lo comieran. —La anciana se había levantado del suelo para representar cómo torturaban al sacerdote inca y como mantenía el secreto del oro de los incas. Se volvió a sentar para proseguir—: El anciano sabía que la tortura había terminado definitivamente con sus días, así que suplicó a Mama Quilla (Luna) para que hablara con su esposo Inti (Sol) y amaneciera pronto; necesitaba rogarle y no le quedaba mucho tiempo.

»Mama Quilla se apiadó del valeroso inca y se ocultó más temprano para que su esposo apareciera en el firmamento.

»"Dime hijo, ¿qué deseas pedirme? Mi esposa me llamó para que escuchara tu voz, tan familiar y respetuosa conmigo, durante estos años".

»El sacerdote, sabiendo que no le quedaba tiempo que perder, le habló:

»"Padre Inti, te he rezado, adorado y ofrecido maíz y chicha. Hoy te pido que mates al destructor de mi pueblo y a su dios".

»"Hijo, mi tiempo de luz ha terminado, es tiempo del Dios del blanco. Nada puedo hacer para echarle, los malos tiempos durarán un ciclo, pero luego volveré con fuerza renovada y de nuevo serán buenos tiempos para mis hijos, los hijos del Sol, los incas. Pero tú me has servido lealmente, has sido valiente y no has pedido nada para ti, solo has pensado en mis hijos, tus hermanos. Déjame pensar qué puedo regalarte antes de tu muerte. Esta tarde, antes de ocultarme, cuando nos veamos cara a cara con mi esposa Mama Quilla, volveré".

»Los indígenas fueron conociendo la noticia de que el anciano inca agonizaba en la isla del centro de la laguna, así que con sus barcas fueron acercándose. Le llevaron agua, plantas para sus heridas, frutas y amor. Los animales esparcían la noticia de la agonía del buen hombre. Enfadados, los selváticos hicieron huir a la malvada curandera, por traidora y envidiosa. Toda una muchedumbre terminó reuniéndose alrededor del buen hombre, y en silencio y respeto le acompañaron en su agonía. Él sabía que se le escapaba la vida.

»En el cielo Mama Quilla y Papa Inti se encontraron, y la voz del dios fue fuerte, todos pudieron oírle:

»"Tu valor, honestidad y servicio merecen mi ayuda. Desde hoy utilizad esta planta", dijo, y señaló un arbusto que jamás antes habían visto. "La llamareis 'coca', ella os ayudará a soportar sin sufrimiento las barbaridades que el blanco os infligirá; cuanto más os castigue más felices os verá, porque ella os dará la paciencia para esperar mi regreso. Si para aumentar su riqueza no os dan de comer las cosechas que vosotros cultivaréis, comed la hoja de coca, mascadla y vuestro estómago se llenará. Si los espíritus se ofenden, ofrecedles un *quintu*[19] de hojas de coca, y los espíritus se aplacarán. Desde hoy ella será mi mensajera. Y cuando el hombre blanco la descubra, solo verá la perversión de la bondad y aplicará sus métodos y su pensamiento en ella, y se convertirá en mi castigo, en mi azote. Les llevará a la locura y a la destrucción; por ella matarán y se matarán".

»El cielo se cerró y la oscuridad dejó paso a las sombras de los tenues rayos de la Luna. El sacerdote pidió a los selváticos que cultivaran la planta y la llevaran por los caminos del inca, para que llegara a todos los rincones de los incas. Mama Quilla besó su frente y se llevó en sus brazos el alma del valiente sacerdote, quien no solo guardó para siempre el secreto del tesoro del inca, sino que además consiguió el secreto de la beneficiosa y sagrada hoja de coca para su pueblo.

Imahero calló.

Nos sorprendió que en la amazonia se mantuvieran vivos los relatos sobre los incas, ya que estos habían dejado sus huellas

---

19 Es la unión por el tallo de tres hojas perfectas de coca.

y sus ciudades en el altiplano. Pero la invasión española había obligado a algunos incas a huir hacia el interior de la selva para sobrevivir libres, así que estos guerreros hacendados se instalaron entre los indígenas.

El cuento había sido largo y además ella lo ambientaba con gestos y cambiando la voz, además de con utensilios como flechas, cuchillos o flores. Se la notaba cansada, así que Nick y yo nos miramos y decidimos dejarla descansar unos minutos antes de reemprender sus quehaceres.

Nick le cogió sus pequeñas manos entre las de él, que se veían enormes en comparación con las de la anciana, y se despidió. La mujer le sonrió y le observó salir de la cabaña. Yo me acerqué a ella y le di un beso en la mejilla.

—Te mira como yo desearía que a mí alguien me mirara y tú le admiras —me susurró al oído antes de dejarme marchar—. Una mujer no debe estar sola sin protección entre tanto hombre aquí en la selva.

Me sentí desorientada ante la insinuación de Imahero. Algo dentro de mí se movió. Salí sin decir nada. Ella tampoco lo esperaba.

Desde la puerta aún me giré para volver a mirarla; ya había comenzado los preparativos para el ritual de ayahuasca de todos los viernes. La gente de los alrededores estaba esperando para ser atendida y curada por los *ayahuasqueros* del poblado.

Nick había caminado a zancadas para llegar rápido a nuestra cabaña de operaciones. Era viernes, así que ahora teníamos trabajo para algo más de cuatro horas.

Galpi se asomó a la puerta de su cabaña apartándonos de nuestro camino y nos reclamó. Allí estaba también Goldman, que nos tenía preparada una pequeña sorpresa: el ritual de ayahuasca de ese viernes era para Alan, Nick y yo.

—Hoy vais a experimentar vosotros el ritual, necesito vuestras descripciones sobre la experiencia y los efectos físicos que hayáis notado durante el trance. Vuestras opiniones serán más objetivas, y sobre todo precisas, ya que los indígenas están muy sugestionados —nos dijo Goldman muy seguro de sí mismo.

Nick se mostró conforme y Alan ya solía participar habitualmente de los rituales semanales, pero yo no tenía nada claro lo de probar «el brebaje». Veía como vomitaban, los mareos que solían sufrir al principio del ritual y algunos ataques de miedo ante las visiones de la boa mitológica, la Yacumana. De modo que yo prefería tomar datos, recopilar estadísticas y realizar los test de personalidad a los indígenas. Curiosamente descubrimos que a mayor número de rituales realizados más adaptados estaban los indígenas a su entorno y menos enfermedades mentales sufrían. Pero ni sabiendo sus ventajas me apetecía vivir una experiencia de ayahuasca. Hablándoles muy nerviosa, me dirigí al grupo:

—En mi contrato no se hacía ninguna referencia a que yo tuviera que tomar nada que no quisiera, así que olvidaros de mí. Yo controlaré vuestros estados de consciencia y si lo deseáis os conectaré al electroencefalograma y así sabremos qué ocurre en vuestra «azotea» durante el ritual, pero yo no pienso hacer nada más.

Nick me miró con asombro y luego mostró su decepción. Me sentí fatal, le había fallado. Goldman iba a gritarme, pero Galpi le interrumpió antes de que me amenazara.

—Mi Elenita, llegó tu momento, no debes demorar más tu evolución. Llevas muchos días observando las experiencias de los demás, buscando en tu ciencia la seguridad para atreverte a pasar por la ayahuasca, pero esa seguridad que tú buscas solo puede dártela el vivirlo por ti misma, así que hoy es tu día. Si lo demoras, yo no seguiré a tu lado, me habrás demostrado que es más fuerte tu miedo que tu necesidad de ver a «Dios».

Galpi se giró, dándome la espalda, e ignorándome le indicó a Alan dónde debía sentarse. Luego acomodó a Nick. Imahero entró en la cabaña con dos mujeres y un niño que venían de la ciudad, y las acomodaron. La anciana se sentó al lado de Galpi. Quedaba un hueco con mi manta entre Nick y Alan, entendí que ese era el lugar que debía ocupar.

Sentí mi corazón y mi carótida latir; las manos me sudaban. Miré a Nick, en su cara vi escrita la esperanza.

En aquel instante no sabía qué me angustiaba más, si el miedo a beber el brebaje o el miedo a decepcionar a Nick y a Galpi, así que mis pies decidieron por mí y me senté en mi manta entre los dos hombres. Nick me tomó la mano, se dio cuenta de mi sudor y me la apretó más fuerte aún. Cerré los ojos para respirar profundamente, intentando calmarme. De pronto sentí unos labios sobre los míos. Abrí los ojos. Era Nick.

Su beso desprendía una dulzura intensa, me emocioné. Por unos instantes perdí el miedo para experimentar la euforia de las sensaciones amorosas hacia él.

—Voy a estar a tu lado —me prometió Nick—. No temas, Galpi jamás hará nada que pueda dañarte. Viaja al «cielo», eres un corazón puro, entra sin miedo.

De nuevo besó con ternura mis labios. Ocupó su lugar, su actitud era reverencial, dispuesto a vivir el ritual como la liturgia que le dejaría conocer a Dios. Galpi nos dio las primeras instrucciones. Yo ya las conocía, pero esta vez me sonaron más serias e importantes que nunca.

El curandero ceñía en su frente una corona de plumas de papagayo azules y rojas, había pintado en sus mejillas unas líneas negras verticales y una mancha roja llenaba su barbilla. Iba vestido con una larga túnica marrón de algodón con los dibujos shipibos. Sus pies estaban descalzos. Encendió su pipa de madera, ofreció el humo del tabaco a las cuatro direcciones, se sentó y nos recordó lo que debíamos hacer.

—Estén sentados hasta que les pida que se estiren. No podrán comer *chancho* durante una semana, ni tampoco cítricos, pero cuiden de tomar *chancho* pues él se come nuestro hígado si lo tomamos junto con la ayahuasca. Los *chanchos* son las energías que se tragan nuestras enfermedades; si nos comemos su carne estos días, ellos se enfurecen y nos dañan.

Nick, sorprendido por esta explicación, que jamás había oído en otros rituales con nativos, ya que Galpi debía dar por sentado que sus hermanos lo sabían, se extrañó.

—¿Qué es un *chancho*? —me preguntó—. No hemos comido nada llamado así.

—Es cerdo —le dije en voz baja cerca de su oreja y sonriendo—, llaman así al puerco y el jamón york es *chancho*, ¿sabes?

Volvió a recuperar su posición. Galpi siguió dándonos recomendaciones.

—Si alguna mujer está sangrando, debe retirarse del ritual. Durante la ayahuasca sacamos las energías negativas hacia fuera, por eso no es bueno que las mujeres os toquéis ni que tengáis «la sangre», pues ella os limpia, así que doble limpieza es demasiado, contaminaríamos el grupo de energía negativa. —Cambió su compostura, su semblante se volvió amenazador, dio una vuelta alrededor de nosotros y nos miró en modo acusador—. Las plantas maestras son muy celosas, así que si alguno ha fumado hachís que se vaya, pues la lucha contaminaría la energía de los demás. Si durante el ritual descubro menstruación o maría, os echaré.

Sentí en mi interior una mezcla de miedo e incomodidad, la sensación de que Galpi podía ver en nosotros hacía que volviera a sentirme como en mi infancia: ¡culpable! No sabía de qué, pero seguro que tenía la culpa de algo y mi padre se sentiría decepcionado de mí.

Así que de nuevo el corazón volvió a latirme con fuerza, sentí el pulso en mis orejas. ¿Pero a qué le tenía miedo? No había hecho nada malo; le apreciaba. Jamás había robado ni matado, ni quería hacerles nada a ellos, excepto ayudarles y entenderles. Me repetí a mí misma que debía respirar y tranquilizarme, respirar, respirar y recuperar la calma. ¿Y si no le gustaba? ¿Y si no era lo bastante buena? Respirar, respirar. Oí de nuevo la voz de Galpi.

—Recordad que los efectos de la ayahuasca son pasajeros, que duran un tiempo y luego todo vuelve a ser ordinario. Si sentís miedo, vosotros mis amigos Nick y Elena, recordad: «Todo empieza y todo acaba», y así es. Cuando os dé a beber la planta, pedirle de corazón que os cure, que os borre los miedos, que sea buena y amable con vosotros. Negociad; la planta acepta siempre la negociación, así que negociad y pedid, pero tened cuidado con lo que pedís, pues se os dará.

¿Cómo se podía negociar con la ayahuasca? ¿Qué debía pedirle? ¡Ay Dios, qué problema! ¿Quién me mandaba meterme en esos líos? Desde pequeña parecía tener facilidad para complicarme la vida.

Era oscuro y la cabaña de trabajo de Galpi no tenía paredes, solo techo, suelo y unas columnas de madera que unían el suelo y el tejado. Veíamos palmeras, el cielo y alguna de las casas a lo lejos. Los sonidos del interior de la selva empezaban a despertar. Los zancudos volaban alrededor de nosotros con su ruido característico. Me sentía incómoda, sentada en el suelo y sin pared donde apoyar mi espalda.

Galpi hizo sonar un grupo de hojas, luego unas pezuñas. Encendió otro cigarrillo y sopló el humo dentro de la botella que contenía el líquido. Nos fue llamando de uno en uno ante él. Vi cómo servía la cantidad de brebaje que a él le parecía en la cáscara de medio coco muy pequeño y lo entregaba, la persona lo sostenía unos segundos y se lo bebía. Algunos lo hicieron rápido y otros sorbo a sorbo. Olía mal, pues alguna vez ya había testado su olor agridulce con un fondo avinagrado; pero no tenía ni idea de su sabor. Los nativos cogían el medio coco, lo acercaban a su corazón, bajaban la cabeza en señal de interiorización, luego lo elevaban frente al chamán, como si ofrecieran un brindis, algunos incluso decían «buena pinta», y luego lo tomaban. Unos ponían cara de satisfacción, otros sentían un pequeño escalofrío que acaba en una expresión de asco en sus rostros.

Primero lo tomó Alan, que no se lo pensó mucho y lo tragó como si fuera un chupito de ron. Luego yo hice lo propio. Tardé unos segundos en levantarme, me arrodillé frente a Galpi para quedar a su altura y me entregó el medio coco lleno de líquido; pensé que había mucho. Me lo acerqué al corazón, no sabía qué pedirle.

—Por favor, ayahuasca, sé buena conmigo —dije al fin—, sobre todo no me hagas vomitar, que me da mucho asco. Yo te dejo que me enseñes lo que tú quieras, pero no me hagas vomitar. Dame lo que creas que necesito.

Me la tomé de un trago. Sentí un fuerte escalofrío de asco. El sabor era aún más desagradable que el olor. Busqué un caramelo en mi bolsillo, pero no me atreví a tomármelo. Me senté a esperar. Nick también tuvo una reacción de asco y al dar la espalda a Galpi para regresar a su sitio descubrí en su rostro el miedo que él también sentía. Una angustiante sensación de pánico recorrió todo mi cuerpo. Me estremecí.

X

Las pieles de cebolla

Habrían pasado unos treinta minutos desde la ingestión de la planta cuando me di cuenta de que sufría una hipotensión, el corazón mc latía, las manos me sudaban y recorría todo mi cuerpo una mezcla de calor-frío acompañada de un mareo. Supe que esa debía ser la señal de mi cuerpo al estímulo de la planta. Necesitaba estirarme o algún lugar donde apoyar mi cabeza.

Imahero se acercó y mojó mi frente con un alcohol floral con un regusto a recuerdos de infancia; identifiqué a mi querida agua de Florida y esa sensación infantil me devolvió la tranquilidad. La mujer me dejó estirarme al tiempo que Galpi hablaba para todos.

—No se toquen, el espíritu de la planta está con todos. Solo estírense quienes se lo indique, los demás sigan sentados —dijo en tono cortante.

Hizo sonar de nuevo las pezuñas y comenzó a cantar la canción de la ayahuasca. Imahero hacía el eco en la canción, las voces de ambos unidas penetraban por todos los poros de mi cuerpo y me envolvían. Cerré los ojos, pues la sensación de mareo era fortísima.

Un calidoscopio de colores estalló ante mí, la canción se transformó en una enredadera que iba trepando desde mis pies, ascendiendo por todo mi cuerpo en formas geométricas de colores. Las sensaciones físicas, auditivas y olfativas iban aumentando al tiempo que la enredadera multicolor y musical iba subiendo. Me debatía entre la curiosidad del espectáculo auditivo y sensorial y el pánico a perder totalmente el control ante el subidón del brebaje. Comencé a repetirme mentalmente: «Todo empieza y todo acaba. La ayahuasca será buena y te tratará bien. Las náuseas desaparecerán, las sensaciones físicas desagradables también. Todo empieza, todo acaba».

Las sensaciones fueron calmándose, las náuseas desaparecieron, también se volatilizó el calidoscopio. La *mareación*, como llaman ellos a los síntomas de la ingestión de la ayahuasca, también desapareció.

Oí que Galpi nos pedía a los que estábamos estirados en el suelo que nos sentáramos, y así lo hice. Me convencí de que todo había pasado, aunque me llamaba la atención lo fuertes y cercanos que se oían aquella noche los sonidos de la selva.

Abrí los ojos, la pequeña vela encendida daba una enorme luz, era una llama hermosísima. Nick estaba con los ojos cerrados. Su rostro reflejaba su alma, tranquila, equilibrada y sabia; su sonrisa denotaba que la ayahuasca le estaba regalando algo hermoso.

Miré a mi alrededor. Galpi estaba pasando por encima de la cabeza de algunos de los asistentes al ritual un manojo de hojas que se me antojó que hacían un ruido insoportablemente fuerte, rasposo, como unas maracas de mariachi.

Una de las mujeres que iba con el bebé lo estaba pasando fatal, no hacía más que vomitar. Me compadecí de ella. No era ni pena ni lástima, era una extraña sensación amorosa pero al mismo tiempo sin voluntad de interferir ayudando. Pensé que la mujer tenía cáncer. Justo en ese instante Imahero y Galpi comenzaron de nuevo a entonar la canción de curación de la ayahuasca.

Pánico en mi interior. Todo volvió a comenzar: el mareo, el calidoscopio, la música que me envolvía… Y en medio de ese mar de sensaciones, la calma. Una calma total y absoluta, la desaparición del miedo y la angustia y un dejarme fluir con la música. Abrí los ojos convencida de que ya había superado los síntomas del brebaje. Sentí lástima por mí, no había tenido ni grandes visiones, ni respuestas, ni había nada maravilloso o extraordinario que contar.

Una voz en mi interior que formaba parte de mis reflexiones me reprendió: «Cómo vas a sentir algo si no eres más que una niña tonta, cobarde y patosa».

Protesté torpemente a mi reflexión: «Pues tengo derecho…». De inmediato otra voz entró en escena: «¿Tú, derecho?, ¿derecho a qué? Si nunca me das nada de lo que yo espero de ti. Si fueras un chico, serviría de algo tu inteligencia, pero siendo una chica, nada, te casarás y yo no habré sacado nada de ti».

Una serie de pensamientos negativos sobre mí misma empezaron a pasar por mi cabeza a una gran velocidad; era horrible oír todos aquellos reproches. Acurruqué la cabeza entre mis rodillas, deseaba que aquel ritual terminara, que todo terminara, deseé con toda mi alma, como siempre que me sentía impotente frente a algo, morirme, que la Tierra me tragara o un rayo me fulminara. Aquella, la de los reproches, era yo. Yo me veía a mí misma así. Era lo que Jung denominaba «el arquetipo de la sombra» a lo que me estaba enfrentando. La sombra, nuestra cara oculta y rechazada, todo lo que no quería ser, lo que temía ver de mí misma, los aspectos que me resultaban penosos de aceptar.

Me había disociado en miles de voces que me mostraban todo lo que yo pensaba de mí usando las palabras recriminativas de mi padre, de mi madre, de algunos de mis profesores y también de algún exnovio. Al ir entendiendo por mi formación académica que la experiencia me mostraba mi «sombra», fui tranquilizándome:

no estaba volviéndome esquizofrénica, sino que estaba entrando en mi inconsciente, haciendo aflorar lo rechazado y lo ignorado de mí. Desde ese momento fui analizando mis distintas distorsiones como si yo fuera al mismo tiempo psiquiatra y paciente.

De nuevo, la calma. Las sensaciones físicas volvían a ser normales y mi mente estaba relajada. Hasta que no oí las voces de los curanderos cantar de nuevo no tomé conciencia de que había estado un tiempo largo sin pensar en nada, solo siendo capaz de oír el croar de unas ranas en la selva.

Me sentí feliz, había experimentado el no pensar en nada. Y de nuevo las *mareaciones*. Grité en mi interior, pues no me atreví a hacerlo en voz alta: «¡Basta, basta! ¡Es horrible, no quiero volver a perder el control! ¡No, no...!». Pero perdí el control de nuevo. Otra vez las voces, esas mil personalidades juntas, revueltas y separadas, además del yo observándolo todo y psicoanalizándolo.

Las voces iban esta vez acompañadas de recuerdos de situaciones vividas. Ante mí se sucedían escenas de las muchas veces que no me había atrevido a decir «no» o a hacer lo que yo deseaba, imágenes de momentos en los que me había vestido o maquillado para gustar, o de los problemas con mi peso, con mi nariz o con mis grandes pechos.

Mi psiquiatra interior descubrió que en ese momento estaba viendo mi «máscara». Primero veía lo que no deseaba conocer de mí y ahora veía cómo me disfrazaba física y emocionalmente ante los demás para ser aceptada.

El ritual me mostraba sin compasión lo que yo temía y cómo me lo camuflaba a mí misma. Me estaba mondando como las cebollas, quitándome las capas para que pudiera cambiar y aceptarme, sin más engaños ni sufrimiento. Debía dejar de buscar el reconocimiento para sentirme querida y tenida en cuenta; cuanto más dejaba de ser yo para ser como mi padre quería, más rechazada me sentía.

Recordé el libro donde estudiábamos a Jung, que mentalmente se abrió ante mí por la página ciento setenta y nueve. Arquetipo de la máscara, función. Las letras se hicieron más grandes que el resto y más oscuras. Leí atentamente:

La misión de la máscara es cubrir, defender al sujeto de los impactos y presiones de la vida social. Protege la intimidad y da resguardo a sus aspectos privados o que el sujeto de modo no consciente desea esconder. También la máscara determina la imagen o ideal consciente del sujeto que lo guía en el modo en el cual debe presentarse ante sus semejantes, en sus relaciones vinculares, en todo lo que le resulta favorable. Guía las tendencias reactivas y enmascarantes del sujeto.

PALABRAS CLAVES:
«Ocultar, ser aceptado, adaptarse a los requerimientos sociales».
«Debo sonreír por fuera, aunque esté tenso por dentro».
«Necesito ser aceptado».
«Busco ser reconocido, querido y que me tengan en cuenta».
ARGUMENTO:
Para ser aceptado hay que aparecer como la gente quiere. Si uno se muestra tal cual es, corre el riesgo de no ser tomado en consideración, de no ser querido.
MANDATO:
«Te van a querer y a aceptar por lo que pareces».
«No hay que mostrarse nunca tal cual se es».
«La importancia es la elegancia, el efecto que causes».

El libro se cerró imperiosamente delante de mis narices, cientos de hilos de telaraña se rompieron en mi cerebro.

La canción de nuevo. La música, un estribillo resonaba en mí: «Ábrete corazón, ábrete sentimiento y deja que la razón...».

Las voces de nuevo. Mi padre me decía: «No olvides, eres una Vidal y todos estarán pendientes de ti». «Eres una mujer, debes ser mejor en todo y deslumbrar para conseguir algo en la vida». «Yo soy un genio y si tuviera un hijo tendría en quién apoyarme».

Ahora mi madre: «Más vale parecerlo que serlo» (refiriéndose a la honestidad y decencia). «Para que él te quiera tienes que ser como él desea; obedece, escucha y mira». «Vas a ser la más bonita del baile, te encargaré lo más exótico y moderno».

De pronto lo entendí todo, me había estado analizando todo el tiempo y en un abrir y cerrar de ojos lo había comprendido todo sobre mí misma en un solo ritual de ayahuasca. Ahora sabía que podía ser yo, que ya no debía temer expresar mis sueños, mis deseos. Sabía que debería aprender a preguntarme qué deseaba, qué me hacía feliz, qué sueños eran realmente míos y cuáles eran de los demás transferidos a mí.

Oí claramente cómo Galpi nos daba permiso para estirarnos. Lo necesitaba, me sentía molida, me dolía el cóccix. Me tumbé en posición fetal. Era libre, me sentía libre por primera vez en mi vida. Recordé a Nick. Me gustaba porque en el fondo era un padre protector. No haría nada para agradarle; o me aceptaba tal como yo era o no quería nada con él…

«¿Y cómo soy yo? —pensé—. Acabas de hacerte la pregunta del millón, Helen».

Inteligente, dulce, cobarde, picosa, atrevida, osada, de mal genio, adaptable, alegre y vital. En aquel instante decidí que era MARAVILLOSA.

Me colgué de nuevo de los cantos de las ranas (en la selva todos los batracios croan a la vez y se detienen al mismo tiempo, es en verdad una sinfonía) y el zumbido de los mosquitos. Perdí la conciencia del tiempo.

Los *icaros* fueron moviendo en mí emotivos recuerdos de mi infancia. Me vi en mi cuna y reconocí a un amigo de mis padres, que me miraba con ternura y se sentía feliz porque yo le sonreía a él y hacía pucheros a los demás. Vi que mi padre me lanzaba al aire; me gustaba la sensación y ver su semblante, lo veía muy hermoso. Pude ver a mi padre con los ojos del bebé que fui. Él jugaba conmigo, me elevaba por encima de todos y de todo. Cuando estaba en sus brazos, me sentía protegida. También percibí el calor de mi madre, acurrucándome en su pecho, y disfruté de su melodiosa voz en dulces nanas que me cantaba.

Mi mente saltó a recuerdos de niña mayor. Me gustaba viajar en coche con mi padre, le acompañaba muchas veces en sus largos viajes. Le encantaba viajar de noche y para no dormirse me iba contando bellas historias sobre las estrellas, los planetas y los dioses griegos. Así que con siete años conocía la *Ilíada*, la *Odisea* y la cosmogonía grecorromana. Luego pasó a recitarme a Platón, a Sócrates y a Dante. Fui viéndome en distintos coches, distintas carreteras y distintas edades, primero escuchando, más tarde le leía los libros mientras él conducía y posteriormente contrastábamos nuestros puntos de vista sobre lo que decían los distintos clásicos.

Me sentí mejor, mi padre había sembrado en mi interior cosas buenas. Él había desarrollado mi amor por la lectura, la necesidad de estar siempre aprendiendo; desarrolló mi sentido musical y mi interés por todo lo que fuera arte. Gracias a él había aprendido a viajar, a adaptarme a cualquier situación y a perderle el miedo a las diferencias.

Cuando Imahero cantó, movió en mí los recuerdos de mi madre y de mi abuela. Mi madre me enseñó a tener paciencia, a cocinar con amor, a tratar bien los objetos, a querer a las plantas y a ser compasiva. Jamás hizo tratos diferenciales en casa con el servicio. Fuimos de las pocas casas «de blancos» en las que la señora compartía la merienda en la cocina, hablando y riendo con las indígenas. Si un hijo de ellas enfermaba, mi madre hacía que nuestro médico lo visitase y pagaba el tratamiento; aunque al médico no le gustase mucho ir a sus casas, ella le arrastraba, e incluso alguna vez había vuelto de madrugada a casa llorando porque había estado con la familia del niño enfermo, velando hasta el fatal desenlace. De ella había heredado la necesidad de compartir y la compasión generosa: dar sin esperar nada a cambio.

Por su parte, la abuela era el timón de la familia. Aunque era la suegra de mi padre, él la solía llamar «mamá». Ella tenía siempre el consejo correcto. De la abuela aprendí a escuchar detrás de las palabras, a traducir los silencios, a respetar la forma de ver la vida de los demás. Y entendí que los únicos consejos válidos eran los que las personas te venían a solicitar. Pero también me enseñó que los consejos son como los trajes, deben ser a la medida de quien debe usarlos y no a la nuestra, porque entonces no sirven de nada.

El silencio de nuevo. Y con él las imágenes, los recuerdos, los olores del pasado se desvanecieron. Una sensación de normalidad invadió mi cuerpo y mi mente. Era como si la planta hubiera sido metabolizada, digerida y se hubiera ya disipado.

Sentí que por fin recuperaba el control. Totalmente lúcida, hice balance de todo lo que había sembrado en mí la familia. Me alegré por mí, pues en aquel instante pude perdonarles todas las cosas que yo no entendía, los daños emocionales y aquellas situaciones que creía traumáticas, porque me habían dado también montones de cosas buenas, muchas más que negativas. Y lo mejor de todo: yo era quien era gracias a lo bueno y gracias a lo malo. Así que pensé que había que felicitarles por los padres que habían sido; desde ahora el trabajo personal era mío. Era mi responsabilidad superar lo negativo y crecer como ser humano.

Galpi e Imahero se fueron acercando a cada uno de nosotros, realizando la curación final. Untaron mis manos, mi cabeza y mis hombros con el agua de Florida, nos pidieron que nos fuéramos sentando y una vez terminada la curación encendieron una luz de quinqué que nos dañó la vista hasta adaptarnos, dando así por finalizado el ritual.

Se despidieron de nosotros, echándonos amablemente a nuestras cabañas. Los dos curanderos se quedaron con el bebé y las dos mujeres. Oí que el niño tenía leucemia y el tratamiento en el hospital de la ciudad era demasiado caro para la familia, así que le habían hablado de Galpi. No pude escuchar más, ya que Nick me abrazó muy fuerte. Tenía lágrimas en los ojos y una expresión de felicidad tranquila.

—Te ruego que me acompañes hasta el río —me pidió muy serio—. Necesito compartir contigo, Helen, este sentimiento interno de unión con el todo.

Percibí su necesidad. No podía negarme, a mí también me apetecía caminar, todo era tan hermoso, tan vivo. Antes de responderle afirmativamente, me pregunté si aceptaba ir con él para agradarle; me di cuenta de que no, que le iba a acompañar porque era un momento auténtico de amistad y de apoyo. Sonreí como hacía años no lo hacía.

—Cómo no voy a querer acompañarte —le solté—. Me encantará contemplar el río, tal vez tengamos suerte y aparezca un bufeo colorado. Debe verse hermoso el río Ucayali bajo los efectos de la ayahuasca.

Le cogí por la cintura a la vez que él apoyó su brazo en mi hombro, y así nos dirigimos hacia el río. Goldman se quedó hablando con Alan. Entendió que iba a ser imposible convencernos de que compartiéramos aquel instante con el grupo. Aunque sabía que al día siguiente realizaríamos nuestros informes, lo más objetivamente posible.

XI

El juego de la vida

Callados, pendientes del entorno, escuchando el sonido de la naturaleza y de nuestras ruidosas pisadas, caminamos el medio kilómetro escaso que separaba la cabaña de curación de la orilla del río, oliendo a la vez el aroma mezcla de humedad y clorofila de la vegetación y sintiendo en la piel la brisa de la noche amazónica. Por los efectos del brebaje, nuestros sentidos seguían aún potenciados. La naturaleza estaba totalmente conectada a nuestros sentidos y nosotros dos integrados a ella. Nos sentamos en el tronco de una Uncaria tomentosa (popularmente «uña de gato») que había caído arrastrada por las últimas lluvias y la vejez del árbol. Seguíamos abrazados ya que ninguno de los dos tenía ganas de despegarse, o así al menos lo sentía yo.

Nick rompió el mágico instante.

—¿Sabes, Helen?, llevo muchos años buscando respuestas a preguntas como «¿quiénes somos?» o «¿adónde vamos?»...
—Hizo un breve silencio, que rompió después de rascar su mejilla, y añadió—: Ya sé que no es nada original, pero ha sido mi búsqueda. La cultura y los años de estudio no me han servido para entender qué sentido tenía la vida. Las teorías del big bang o del caos han sido para mí solo hipótesis igual de válidas que las de la Biblia, con la única diferencia que esta última utiliza el

dogma de fe y la revelación y las otras la racionalización y la jerga científica, pero ninguna teoría es irrefutable. Los que creen en una de ellas lo hacen porque en su interior hay un impulso de «necesidad» para sentirse seguros, pero a mí no me ha servido ni la ciencia ni la religión. Pero hoy, hoy he comprendido...

Unas lágrimas rodaron por sus mejillas, aunque su rostro reflejaba una gran paz. Me besó en la mejilla. No pude evitar secar sus lágrimas con las puntas de mis dedos y acariciar su rostro. Me estremecí por las sensaciones de ternura que provocó en mí el contacto con su piel.

Nick prosiguió su monólogo.

—La planta de la ayahuasca me ha llevado a los tiempos antiguos, supongo que alrededor de la Edad de los Metales. Luego he ido avanzando en el tiempo hasta llegar a nuestros días. ¡Ha sido revelador!

»El hombre primitivo creó los líderes espirituales para poder salir del caos y del miedo que le producía vivir sin conocer los ritmos y ciclos de la naturaleza, el miedo a la incertidumbre de la vida. ¿Quiénes fueron esos líderes? Pues aquellos que tenían más dotes de observación y capacidad de comprensión. Así se crearon los primeros maestros y los primeros dioses. La religión se inventó para tener unas normas y unas leyes que ayudaran al hombre a perder la sensación de desamparo y soledad y así poder crear un clima psicológico adecuado que le permitiera evolucionar.

Me di cuenta de que se estaba escuchando a sí mismo, mientras me relataba su vivencia. Yo le era útil en ese momento para poder entender lo experimentado, así que asumí mi papel y decidí intentar seguir sus razonamientos con atención, para lo que necesitaba un sobreesfuerzo, pues aún estaba bajo los efectos de la ayahuasca y a ratos no podía concentrarme. Además, él hablaba algunas veces lentamente y otras hacía muchos espacios de silencio.

—Pero el hombre es dual —continuó—, siempre juega el doble papel y lo que es bueno para la evolución también puede convertirse en un arma de manipulación y estancamiento, así que las religiones, con el paso de los siglos, se reconvirtieron en formas de poder. El instinto evolutivo del hombre fue fuerte, tan fuerte como es la propia naturaleza, así que lo empujó a seguir buscando. Y ahí es donde entra la ciencia: si no puedo acceder al conocimiento porque lo acaparan unos pocos, tengo que crear otra vía para llegar a él.

»Así apareció el espíritu empírico y la doctrina científica. Con los siglos, el cura ha sido reemplazado por el psicólogo, y ahora los que hacen los milagros son los cirujanos con sus trasplantes de órganos, o los médicos que luchan contra el cáncer. Los médicos, los biólogos, los químicos, los físicos, los que como tú o como yo somos el nuevo poder.

»Si reflexionas verás que hemos creado edificios colmena, automóviles con sus elementos complementarios, luz, gas, teléfono, semáforos…, para crearnos la falsa ilusión de estar protegidos de la incertidumbre de la vida, pero lo único que hemos conseguido es una suma de nuevos miedos. Miedo de no poder pagar el apartamento, miedo a que nos corten la luz, de que fallen los semáforos, miedo a perder el falso control de la vida. Nuestra forma de entender lo real sigue sin protegernos del miedo primigenio, "la incertidumbre", pero lo camufla creando otros miedos nuevos.

»Aquí redescubriremos plantas y formas nuevas de tratamientos, haremos nuestros informes y patentes, tal vez consigamos un premio y seremos ya "sabios" para los profanos en la materia; nos verán especiales y en el fondo solo habremos reencontrado el conocimiento de estos indígenas, lo habremos traducido al lenguaje científico y poco objetivamente, pues siempre es así, defenderemos el uso de este nuevo avance.

—No estoy de acuerdo contigo en lo de poco objetivamente —le interrumpí bruscamente—, creo que la ayahuasca es de gran utilidad y debemos demostrarlo. ¡En una sola sesión me he ahorrado al menos seis años de psicoanálisis!

Me di cuenta de que me costaba bastante hablar con naturalidad. Él colocó su dedo índice sobre mis labios en un claro gesto de que me callara para proseguir con su reflexión.

—No hace falta que grites, no eres objetiva. Cualquier científico es humano y aunque nos autoengañemos con la falta de intención o con la objetividad, siempre, inconscientemente, deseamos demostrar unas cualidades o bien descalificarlas. El miedo te podía haber dominado y convertir tu ritual de ayahuasca en una «pesadilla»; entonces no habrías defendido su uso. Hay personas, y tú eres una de ellas, a las que perder el control les crea gran angustia, así que estas podrían vivir mal el ritual y ahora intentarían demostrar lo nocivo de su utilización, incluso su mala intención, ya que no sabrían ver nada positivo en su administración a personas occidentales.

»Goleman busca que esto sea un bombazo, porque quiere convertirse en un científico famoso —prosiguió Nick—. No le importan los métodos, él desea ser polémico y conseguir el reconocimiento por su valentía en llevar la contraria a sus colegas más ortodoxos. Y como él, hay cientos. Y bueno, sentada la premisa, déjame proseguir.

»Me di cuenta en mis visiones de que para seguir evolucionando vamos alternando distintos tipos de espiritualidad. Ahora los dioses son la ciencia y los científicos, pero claro, eso nos sigue creando miedos y angustias. Ahora, en lugar de buscar el cobijo rezando, nos vamos de compras o al gimnasio. Y para combatir el miedo a morir y a la vejez, pasamos por el cirujano. Así que seguimos buscando respuestas, las mismas, pero gracias a la etapa científica hemos unido mundos, conocemos la India, África,

China y América, así que también mejor o peor hemos asimilado el yoga, los vedas, el budismo. El mercado espiritual se amplía ante nuestros ojos y nuestros corazones.

»Cuando hube entendido todo esto ocurrió algo mágico, me vi repasando nuestra historia moderna, entendí que todo lo que hemos vivido forma parte de nuestra evolución, sin las guerras y otros sucesos no habríamos cambiado nuestras fronteras, no habríamos aceptado otras formas de gobiernos, no habrían ido creándose las bases para una sociedad más preparada para la idea de globalidad, ni de ecosistema, ni de interdependencia. La vida es una escuela a la que venimos a aprender, y por ello necesitamos nacer en un país concreto. Tener un sexo definido, un color de piel, una religión y unos padres determinados hace nuestras experiencias aún más diferenciadas. —Se fue entusiasmando, su forma de hablar iba siendo cada vez más coordinada—. Mira, no es lo mismo nacer en África siendo blanco, hombre y, en lugar de musulmán, baptista y tener una clase social elevada. Eso creará unas experiencias concretas de vida. Pero a nivel privado y personal, serán muy diferentes tus conflictos si tienes un padre autoritario, humillante, que no respeta tus gustos o características y una madre que no sabe defenderse por miedo a perderle o a perder la seguridad del dinero. Tampoco serías el mismo si mamá fuera fuerte, se opusiera a papá o incluso si decidiera divorciarse. Una opción te convertiría en un pelele pisoteado o en un rebelde sin futuro, la otra opción tal vez te ayudará a ser fuerte y seguro o un déspota como papá. ¿Entiendes?

Su pregunta pareció resonar por todo el río, incluso me dio la sensación de que la selva guardaba un angustioso silencio esperando mi respuesta.

—Sí que lo entiendo —le contesté—. Yo estoy aquí y soy quien soy gracias a lo bueno y a lo malo de mis padres, y lo más gracioso de todo es que yo siempre tropiezo en lo mismo que mi padre y temo la soledad igual que mi madre y me disfrazo para agradar aunque deje de ser yo y eso me duela igual que debe dolerle a ella. —Tomé aire y seguí—: Entonces, Nick, si he comprendido tus explicaciones, me dices que hemos escogido todo esto para aprender esas asignaturas concretas.

Sus ojos se abrieron enormemente y chasqueó los dedos al tiempo que se levantaba girando sobre sí mismo.

—¡Sí, eso!, acabas de decirlo, era lo que me faltaba, nosotros elegimos nuestros padres, sexo, país, cultura… para aprender unas asignaturas concretas. —Me abrazó levantándome del suelo mientras gritaba—: ¡Te quiero! ¡Te quiero!

Le sentía un gigante que me arropaba y protegía, una sensación que había estado buscando en cada uno de mis amores. Yo me veía a mí misma demasiado alta, demasiado grande, con demasiado busto. Detestaba abultar más que mi pareja y necesitaba al menos una vez en la vida tener la sensación de ser pequeñita, de quedar dentro del tórax de mi amor y por unos instantes disfrutar de la sensación de protección y poder del hombre sobre la mujer, como enseñaban los cuentos de hadas y las películas románticas.

Nick en ese instante era un gran oso abrazándome y evocaba en mí todas esas sensaciones soñadas que supongo que en aquellos momentos potenció la ayahuasca. Él representaba el hombre maduro que yo deseaba en mi vida, un compañero con quien poder hablar de algo más que de banalidades o con quien competir por el poder, pero también un compañero que de vez en cuando me animara, me valorara y me estimulara.

Ajeno a todo el baile de pensamientos que cruzaban mi mente, Nick siguió abrazándome y agitándome en el aire, para pasar a besar mi cuello, mis ojos, mi nariz y… mis labios.

—Mira, Helen —me dijo excitado por sus conclusiones—, el cielo está lleno de estrellas, sin contaminación, todo es bello. Ahora ya he entendido que la vida tiene una finalidad: aprender. También he entendido que las lecciones nos las guían las experiencias frustradas de nuestros antecesores, pero también he aprendido que no debemos tener miedo a nada porque la propia vida nos protege siempre de todo. Las «casualidades» no son más que suerte o avisos, según lo que tú decidas. El chamán aprende a interpretar las señales. Ahora yo sé que debo también aprender, así jamás volveré a sentirme solo y desamparado. —Guardó silencio, mientras sujetaba mi barbilla con su mano izquierda y reseguía mis labios con el dedo índice de la mano derecha—. Mi niña, qué «señal» debo interpretar en estos labios y estos besos aceptados, en estos ojos dulces que me miran y en los abrazos tolerados. De ti me gusta esta mezcla de terror y la gran valentía de tu búsqueda, tu indefensión infantil y tu bravura en disimularlo, tu espiritualidad incontrolable que a Galpi jamás le pasó desapercibida y tu necesidad de racionalizarlo todo para poder justificar lo injustificable. Eres mágica, acéptalo y deja de buscar respuestas científicas.

»Ojalá Imahero o Galpi sepan decirnos cómo leer las señales. Ojalá, quieran enseñarnos. ¡Oh, Dios!, tengo tanto amor por ti en mi pecho que tengo la sensación de que me va a estallar.

»Toda mi vida buscando, deseando experimentar la grandeza de Dios y hoy la ayahuasca en tres horas me ha dado más de lo que le había pedido. Y tú aquí conmigo. ¿Sabes?, le pedí que me dejara abrirme al amor, además de explicarme "el juego de la vida", y creo que me ha dado todo lo que le he pedido.

De nuevo besó mis labios. Yo experimentaba mil sensaciones diferentes. Mi pecho era un popurrí de fuegos artificiales.

Los dos guardamos silencio. La selva volvió a dominar nuestros sentidos, el deseo creció en los dos, la sensualidad era imparable cuando una «señal» nos dejó claro que no debíamos ir más allá. John apareció con uno de sus ataques histéricos buscándome. Temía que me hubiera ahogado en el río bajo los efectos de la ayahuasca y él se sentía aquella noche tremendamente mal, con fuertes escalofríos y taquicardias, por lo que necesitaba mi atención médica.

Nick se cabreó por primera vez con él.

—¡Joder, John! No la dejarás tranquila: si va a mear, tú detrás; si quiere tomar el sol, tú la interrumpes. Déjala y tómate un tranquilizante o suicídate o fóllate a un mono.

John se quedó tan sorprendido que no supo qué responderle. Nick tiró de mi brazo, arrastrándome por el camino al poblado, mientras iba soltando improperios. La situación era del todo ridícula: Nick tirando de mí insultando a John y este detrás tropezando con todo y lloriqueando.

Al llegar a la cabaña y sin ningún reparo, Nick me ayudó a quitarme la ropa y a cambiarme, pues con la carrera me había mareado y vomitado, y me había ensuciado. Él también se desnudó, se acostó conmigo y se abrazó muy fuerte a mi cuerpo.

Nadie del grupo dijo nada, ni siquiera John, que al verme vomitar se tomó un sedante y se acostó. Yo tampoco expresé mi opinión, pues al vomitar todo los miedos del mundo se apoderaron de mí. Aún no había asimilado la idea de quitarme la máscara, de ser yo misma, de que debían amarme con todos mis defectos…, y ahí estaba Nick.

¿Qué esperaba él que yo hiciera? No, de nuevo me equivocaba: ¿qué deseaba hacer yo? Tenía miedo, me venía bien que durmiera conmigo, así que no dije nada y me acurruqué bien entre sus brazos. Una sucesión de extraños sueños llenaron aquella corta noche, abrumada por sonidos y sensaciones.

El nuevo día iba a traernos la prueba de los cambios internos. Si la ayahuasca era esa planta de sabiduría, Nick se debía sentir equilibrado y realizado y yo habría cambiado, sabría decir que «no» y solo haría lo que sintiera como bueno para mí. Con estos pensamientos logré dormirme.

XII

Las señales

Los rayos de sol entrando por la ventana me despertaron. Debía estar tan cansada que ni oí el ruido de los compañeros vistiéndose, ni las voces de los nativos despertándonos, ni siquiera me había percatado del momento en que Nick se había marchado de mi lado.

Miré mi reloj de pulsera y asombrada descubrí que era mediodía. Me lavé en la palangana que alguno de ellos me había dejado con agua limpia, quise suponer que el detalle procedía de Nick, me vestí y me peiné. Deseaba mirarme en los ojos de él.

Les busqué por todo el poblado, en vano. Por fin me crucé con Deonel y le pregunté dónde estaba mi grupo. El joven me contestó que una parte se había ido al interior de la selva por unos días a buscar unas plantas especiales que solo manejaba Imahero, pues con ellas curarían al bebé de la noche del ritual, y el resto estaba de camino a la ciudad para realizar compras y recoger materiales enviados por la universidad.

Me angustié, Nick no se había despedido de mí, iba a estar varios días fuera y no me había despertado. ¿Por qué?

Decidí ir a ver a Galpi, necesitaba hablar con él del ritual de la noche anterior. Caminaba cabizbaja por el poblado cuando vi a Nick jugando con unos niños al balón.

El corazón se me aceleró, sentí cómo me subían los colores a las mejillas mientras me acercaba.

—Hola, buenos días. ¿De dónde ha salido este balón? —les pregunté.

Sin dejar de jugar y enseñándoles a regatear, Nick me respondió:

—De mi equipaje, lo traje para formar un equipo. Es una manera como otra de que tengan un futuro. La idea me la dio el clérigo de Saint Patrick que había vivido un tiempo en Brasil, y ayer decidí que me quedaba a vivir aquí, así que he comenzado mi nuevo trabajo de entrenador.

Aquellas palabras me cayeron como un jarro de agua fría. ¿Cómo podía quedarse a vivir allí? ¿Y yo?, ¿no significaba entonces nada para él? Sonreí forzadamente, pero supongo que no pude disimular mi brusco cambio emocional; casi brotaban las lágrimas de mis ojos.

Con un gesto me despedí y seguí mi camino hacia la cabaña de Galpi. Tenía unos cuantos indígenas esperando ser atendidos, así que pedí el turno. Me senté en el saliente de la cabaña, así mis pies tocaban el suelo; era lo más parecido a una silla. Me alegré de que las casas estuvieran elevadas del suelo unos cuarenta centímetros para así dejar pasar el agua por debajo en la época de lluvias, ya que de no estar en alto no hubiera tenido nunca donde descansar mi espalda, pues me resultaba complicado sentarme en el suelo con las piernas cruzadas.

Mientras esperaba me pregunté qué me provocaba tanto dolor. No había ocurrido nada entre nosotros dos, simplemente había compartido conmigo su experiencia. Al fin y al cabo era la persona del grupo más adecuada para ello. Mi profesión era traducir el inconsciente. Su euforia debió ser producida por la ayahuasca y yo el vaso donde depositó sus emociones, así que esos besos eran únicamente una expresión de la catarsis emocional que Nick experimentaba a través de la ayahuasca.

El enfado y el dolor volvieron de nuevo a mí. ¿Y mis sentimientos? Yo había encontrado en él al hombre que siempre había buscado, al hombre al que valía la pena entregarse en cuerpo y alma. Entre sus brazos había vibrado por primera vez en mi vida. Mis reflexiones saltaban de una emoción a otra, ahora entendía por qué no habíamos llegado al sexo a pesar de la pasión vivida: yo no le gustaba, él simplemente había sido paternal y protector. Solo yo estaba enamorándome de él.

La tranquilidad de la noche anterior volvió a mí, aunque me sentía rota por dentro. A lo lejos les oía a él y a los niños reír y gritar.

Delante de mí ya no quedaba nadie, iba a entrar en la cabaña para hablar con Galpi. En esos instantes me sentí ridícula. ¿Qué iba a decirle? ¿Por dónde debía comenzar?, ¿por el ritual y olvidar a Nick, o por los motivos que me habían llevado hasta allí? ¡Ahora me parecían pueriles! Había decidido cederle mi turno a un hombre mayor que llegó después de mí cuando Galpi salió del interior de su cabaña.

—Canará —dijo dirigiéndose al anciano—, si no le importa, vuelva por la tarde, después de la comida, pues con la señorita tengo trabajo para bastante rato, ya que debo curarle de «susto».

El hombre, muy educadamente, asintió con la cabeza y con una sonrisa se despidió de mí.

En aquel instante me sentí atrapada, quería salir corriendo, no entendía por qué aquel miedo si Galpi siempre había sido mi amigo. Yo misma me respondí al oírme hablar.

—No hacía falta, podías haberle atendido a él, yo solo deseaba charlar contigo de mi experiencia con la ayahuasca, aunque me quedó bastante clara. Vi quién era yo y no hace falta comentarlo, pues me quedó claro. Tal vez las experiencias de los demás fueron más hermosas, más visionarias, más de gente espiritual, no como yo.

Temía que mi amigo dejara de quererme; mi ayahuasca me había mostrado mi parte oscura, mis máscaras y mis errores, pero no había sido espiritual, así que no podía deslumbrar al chamán. De nuevo aparecía mi miedo a no dar lo que se esperaba de mí.

Galpi me acompañó al interior de la cabaña. Las ventanas estaban cubiertas por unas telas, así que el interior estaba en penumbra. Lo agradecí, pues la semioscuridad me hacía sentirme protegida. Unas lágrimas rodaron por mis mejillas y un asfixiante nudo cerró mi garganta. El curandero no me preguntó nada, encendió su pipa, sopló humo en mi cara, recitó unos *icaros* y guardó silencio.

La presión de la garganta fue cediendo, aunque no ocurrió lo mismo con mi llanto. Mis ojos parecían un río. No emitía sollozos, era como si mis ojos tuvieran vida propia y se hubieran amotinado. El agua brotaba de ellos de forma tan exagerada que creí estar bajo los efectos de una alucinación, pero al notar que mi blusa se empapaba de lágrimas, me desconcerté.

—No te preocupe llorar —me dijo entonces Galpi—, tus ojos están soltando toda la tristeza que ha guardado hasta hoy tu corazón. Después estarás mejor. Para poder evolucionar y ser seres libres, debemos ir descargándonos de todos nuestros miedos y traumas. Para ello tenemos que entender que las cosas no pudieron ser de otra manera de la que fueron, ya que eso nos ha hecho como somos hoy. A eso le llamo quitarse las pieles de cebolla.

»En estos momentos estás entendiendo quién eres y por qué. Si aprendes a aceptar lo bueno y lo malo que hay en ti, crearás armonía en tu mente y esta la creará a su vez en tu cuerpo y en lo que te rodea. Eso es entender "el juego de la vida".

»Todo lo que ocurre a nuestro alrededor tiene un mensaje, si aprendemos a descifrar esos mensajes, entonces aprenderemos a vivir sin miedo, fluyendo con la energía natural de la vida.

Yo le oía hablar e incluso le entendía con una claridad diáfana, pero no podía conseguir que de mis ojos dejaran de brotar chorros de lágrimas.

Galpi siguió hablando:

—Para que la vida te haya arrastrado hasta aquí, viviendo lo que no es normal en tu sociedad, siendo mujer y tan joven, han tenido que ocurrir una serie de hechos no corrientes ya años atrás. Así que tú llegaste hasta aquí porque ya tomaste una serie de decisiones siendo muy pequeña. Tienes que entender que cada acción tiene su reacción. A eso Nick lo llama «causa-efecto». —El corazón me dio un vuelco, y mis lágrimas se cortaron en seco: Nick había estado hablando con Galpi antes que yo. El curandero prosiguió como si no hubiera reparado en mi reacción—: Llegando al punto que habéis conseguido los dos, ahora tenéis que entender que sois responsables de lo que ocurra en vuestra vida. A eso el Creador lo llama «libre albedrío». Cada decisión que tomamos en la vida tendrá consecuencias en nuestro futuro, así que ahora debéis aprender a tomar esas decisiones no con el ego sino con el corazón.

»El ego solo piensa en términos de satisfacción inmediata. Al ego no le gusta dejar de salirse con la suya y se convertiría en el dictador absoluto de nuestras vidas si no fuera porque los actos realizados con maldad acarrean consecuencias negativas. Así que ahora estáis tomando consciencia de que la decisión de optar por el egoísmo es superficial y obtiene pocas gratificaciones, es una cadena constante de exigencias caprichosas.

»Nick ha entendido que el Universo escucha nuestras decisiones a un nivel proporcional al que las tomamos. Si optáis por el camino del amor y de la verdad, habréis tomado una decisión muy profunda y obtendréis buenas gratificaciones, tan profundas como vuestras decisiones.

No podía entenderle muy bien ya que en mi interior resonaba continuamente el nombre de Nick.

—Galpi —le interrumpí—, perdona, pero no puedo concentrarme en tus palabras, ni siquiera ya me interesa mi experiencia de ayer con la ayahuasca. Parece mentira pero mientras la vivía creí descubrir un remedio maravilloso para liberar a los seres humanos de sus conflictos, luchas y enfermedades. Me reconocí a mí misma y días atrás no habría sido capaz de interrumpir tu monólogo para que no pensaras mal de mí, pero hoy no me interesa, mi mente se ha quedado estancada en mis sentimientos. Bueno, no sé exactamente, pero me he obsesionado, creo que con Nick. Ayer descubrí que me gustaba, experimenté un montón de sensaciones diferentes con él y pensé que él también conmigo, pero hoy…

—¡Ay, Elenita! —Galpi retomó la palabra—. Hoy Nick está distante según tú crees. No tienes ningún motivo para creer que haya cambiado nada desde hace pocas horas hasta este instante, él sigue siendo el mismo, ¡pero tú no! —Hizo una pausa, y siguió—: Piensa conmigo, el conflicto está solo en que Nick no ha hecho hoy lo que tú esperabas que hiciera y ello te hace sentir insegura, así que tú empezarás a comportarte con él distante… por si acaso; dejarás de ser natural… por si acaso; observarás sus gestos y palabras y, según tú los interpretes, reaccionarás. ¿Qué crees que ocurrirá? Porque en el fondo es lo que deseas preguntarme y no te atreves.

Me sentí ridícula y atrapada por el curandero. Mi semblante enrojeció.

—Tienes razón —le respondí sin levantar la mirada del suelo—, yo esperaba que él me estuviera velando y deseaba despertarme con él a mi lado. Al no ser así, esperaba encontrarle y que él al verme me abrazara y me confesara su amor.

—Y así sentirte segura de que él estaba «colado» por ti —me interrumpió de nuevo—. Pero al no ocurrir eso, no has pensado en que él ha respetado tu sueño, ha cuidado de que nadie te molestara y se ha quedado aquí en lugar de ir con Imahero a pesar del afán de aprendizaje que tiene, para así poder estar dos días solo contigo y de esa forma aclarar lo que cada uno espera del otro. Pensar todo eso habría sido ser «madura», habría sido tener la capacidad de ponerse en el lugar del otro, habría sido escoger la vía del amor. Pero era más fácil la del ego, la insatisfacción por no ver realizadas las exigencias caprichosas, así que ya has enjuiciado y has descalificado lo vivido ayer por la noche entre vosotros, decidiendo por él lo que era auténtico y lo que era falso. ¡Te has pasado la vida enjuiciándote!

Hizo un largo silencio. Delante de él había tres cuencos con líquidos de distintos colores. Cogió una garra de otorongo que tenía también en el suelo al lado de los cuencos y untó una uña con el líquido de color azul, se acercó a mí y comenzó a pintarme con la uña la línea de nacimiento del pelo. Untó varias veces la uña hasta conseguir dibujar una línea uniforme que iba desde la sien derecha a la izquierda resiguiendo el arco del pelo.

Cuando hubo terminado, respiró con un gesto que yo interpreté de cansancio.

—Sal en busca de él, aleja de tu mente los fantasmas y volved los dos esta noche después de las curaciones. Tenéis que interpretar las señales antes de partir a realizar «la dieta».

Me sentí tan aliviada por poder irme y no tener que seguir con aquella reprimenda que no presté atención a la pintura ni tampoco al significado que tenía el hacer una «dieta». A pesar de lo comedida que siempre era en mis demostraciones afectivas por miedo a molestar, le abracé efusivamente y salí de la cabaña destilando euforia; creo que incluso le tiré uno de los cuencos, pues mis botas tuvieron manchas de color rojo hasta el día que fueron a parar a la basura, diez años más tarde. Aquel colorante era permanente.

Nick no estaba ya con los niños, así que fui directamente a Abarrotes[20] Benito por si lo encontraba tomándose una Inca Kola con los niños.

Les pude ver antes de llegar, había comprado un refresco para cada dos niños, respetando la costumbre de compartir. Se les veía felices bromeando y dejándose dar collejas por Nick, que también bromeaba y reía con ellos. Me fijé en él, estaba pletórico de felicidad, parecía más joven, como si se hubiera sacado el peso de los años. Le veía atractivo. Sus canas prematuras, en lugar de envejecerle, le daban un aire más interesante.

—¡Hola, chicos! ¿Hay una *frescolita* para mí, señor Benito? ¿Estos le han dejado algo fresco en la nevera? —dije efusivamente.

Nick y los niños se mostraron divertidos de verme, al principio no intuí por qué.

—Sí, señorita, el médico no ha dejado que tomaran su *frescolita*. Cójala usted.

Me dirigí al rincón donde estaba la nevera. La tienda era un rectángulo de unos seis metros cuadrados con la mercancía amontonada, en un lado cajas de refrescos y agua, en otro paquetes de arroz, maíz y galletas, aceite en bolsitas de plástico y algún dulce. En una de las esquinas había una vieja nevera doméstica con desconchones y muy sucia que contenía los refrescos y las cervezas, únicos lujos del mundo desarrollado que ellos podían disfrutar de vez en cuando.

Ahora, sentada en el tren que me lleva a Machu Picchu, lo recuerdo con una mezcla de añoranza y de ternura; en aquellos momentos era una paradoja difícil de comprender. Me asombraba tremendamente el poder que poseían las bebidas de cola sobre los indígenas de la ama-

---

20 Nombre que se les da a las tiendas de comestibles o colmados en Perú.

zonia, incluso en los monjes budistas, y que fueran consideradas un «lujo» digno de una celebración. Sigo sin saber qué magia despiertan, pero lo acepto con naturalidad, sin sorpresa.

Cogí mi *frescolita*, un brebaje dulzón con sabor a fresa. Me gustaba, pues me recordaba mi infancia en el Valle Sagrado y mis mejores momentos en Maracay, Venezuela, aunque cada vez era más difícil de encontrarla, pues la Pepsi-Cola estaba ganando a los demás refrescos.

Al destapar la botella con el abrelatas oxidado que colgaba de la maneta de la nevera me percaté de lo que había dicho Benito. Nick les había hecho reservar el refresco para mí, lo que quería decir que me llevaba observando desde hacía tiempo, pues nunca había comentado mi «debilidad» por la *frescolita*, e incluso creía que lo disimulaba haciéndome la víctima frente a ellos cuando casi no quedaban de los otros refrescos y yo me «conformaba» tomando la *frescolita* para que los otros tuvieran su bebida preferida. Me sentí avergonzada, pues pensé en cuántas cosas más de mí habría descubierto.

Otra vez el miedo, la máscara. Me había observado. Eso tenía su parte positiva, quería decir que sus besos y sus abrazos no eran solo la alteración de la ayahuasca sino un sentimiento más profundo y de días atrás que se liberó con la desinhibición del ritual.

Dirigiéndome a Nick, dije:

—Gracias por reservar mi bebida favorita, me recuerda mis mejores años infantiles. ¿Sabes?, entonces conocí a Galpi. Él fue mi confidente y mi protector, y ahora soy consciente de que es mi «maestro». Sin Galpi seguramente no habría sobrevivido a... —Guardé silencio, no me apetecía remover mi enfermedad; solía causar miedo a las personas que me querían. Sin aclarar nada, proseguí—: Tampoco habría aceptado realizar este viaje con Goldman y ese cretino de John. Ayer me alegré doblemente de haber nacido en la familia que tengo, pues sin ellos no habría conocido a Galpi y sin conocer a Galpi hoy no estaría conociéndote a ti.

Nick me cogió de la mano.

—Salgamos a pasear —me dijo.

Benito se dio cuenta de lo que ocurría entre Nick y yo, la *macsho*. Eso suele ser siempre así, todos ven desde fuera el magnetismo que desprenden dos enamorados, todos excepto ellos mismos, que se mueven en sus miedos, complejos y dudas. Así que Benito espantó a los niños para que nos dejaran pasear solos, lo que hizo que el poblado se llenara de chismorreos y risitas cuando nos veían pasear juntos.

Es tan hermosa la inocencia que aún guardan los indígenas en su corazón. Tanto los hombres como las mujeres del poblado deseaban que nuestro amor floreciera, creciera y diera sus frutos. Nos ayudaban a su manera y seguían de cerca lo que ocurría con la inocencia de los niños o los limpios de espíritu.

Nick retomó la conversación:

—Yo también doy gracias al Universo por habernos juntado en este viaje. Ayer también agradecí que Galpi entrara en tu vida y que años más tarde fuera el artífice de tu «milagrosa curación» a través de Thunderheart. —Debió ver la sorpresa en mi rostro, así que se apresuró a aclarar de dónde había conseguido la información—. En el hospital universitario me pasaron tu informe de estudios e incidencias personales para que decidiera las personas que debían acompañarme en este viaje. No es Goldman el jefe, soy yo. Él es..., cómo te diría, una tapadera, y yo me aprovecho de su avaricia. Es un trepador que siempre fracasa, así que no iba a cuestionar el uso de cualquier planta, ni tampoco limitaría ninguna prueba; a él solo le importa catapultarse al éxito. La televisión era un aval a estos estudios y tú eras alguien acostumbrada a las «extrañezas» de los indígenas, así que los rituales o las brujerías no causarían un impacto distorsionante en tu labor.

»Supongo que te preguntarás qué pinto yo en esto —dijo con acierto—, pues soy quien lo costea todo. Afortunadamente tengo éxito, reconocimiento y un contrato millonario con la editorial que publica mis estudios y la clínica privada que funciona solo gracias a mi prestigio. Pero me falta algo, siento un vacío tremendo. Necesito saber por qué me he pasado la vida huyendo del amor y buscando en la ciencia la confirmación de que Dios existía.

Unos tucanes se acercaron a nosotros. Estábamos en la parte oriental del poblado, donde la selva se hacía más densa.

Llevaba unas zapatillas de goma verde con unos tubitos de diferentes colores, amarillo, naranja y verde, que servían para sujetarlas al pie. Siempre viajaban conmigo, creo que eran mi amuleto de la suerte. La intensidad de los colores les debió llamar la atención, pues los tucanes se acercaron e intentaron picotear los tubitos de goma.

—¡Mira, Nick, piensan que son gusanos o no sé qué! —exclamé ilusionada.

—Cuidado, que su pico corta —me avisó.

—No, no, lo hacen con cuidado, como si intentaran reconocer lo que es. Están investigando —le respondí feliz de ser motivo de su curiosidad.

Poco a poco fueron apareciendo más tucanes, tantos que terminé convertida en un árbol llena de ellos. Tenía tucanes en los hombros, brazos, pies y cabeza; era algo extraño que me producía una sensación de unidad con la selva y miedo a partes iguales.

Nick, que siempre iba a todas partes con su cámara de bolsillo, sacó dos fotografías que, al revelarlas, mostraron una imagen curiosa de mí: parecía que llevara un traje de plumas y picos de colores, como si me hubiera hecho un disfraz de tucán, pues el pico de uno de los que tenía en la cabeza quedó sobrepuesto a mi nariz, dando totalmente la apariencia de una careta.

Deonel presenció el hecho y corrió por todo el poblado dando voces de lo que había sucedido, quedando así confirmado ante los nativos que yo era la *macsho* que los curanderos esperaban desde hacía tiempo en el poblado.

Tal como habían ido apareciendo, los tucanes se fueron marchando de uno en uno, obedeciendo los sonidos que realizaba uno de ellos.

Nick me abrazó y no pude contener mis deseos de besarle, así que me fundí con él. La selva guardó un extraño silencio.

Nos sentamos en el suelo, abrazados. Nick siguió hablándome.

—Hacía tiempo que me gustabas, pero yo no sé… Nunca he sabido ligar, siempre he trabajado y lo demás no existía, pero en clase, tus respuestas, tus retos, los comentarios de algunos compañeros ante tus técnicas de provocación para que los chicos estudiaran o tomaran más conciencia de ellos mismos, todo eso me llamó la atención.

»Le pedí a un alumno que grabara tus clases. Tu voz, tu ilusión, tu fe en la vida, tu confianza en la sabiduría interior de ellos…, desprendía todo tanta sabiduría interior en ti. Me di cuenta de que tú tenías lo que yo llevaba buscando toda la vida. Me enamoré de ti, pero yo soy viejo para ti y vacío de todo lo que tú estás llena, así que no podía ofrecerte nada. Dinero, tú ya lo tenías; fama, te la estás labrando; el éxito va contigo. Así que lo único que podía hacer era estar a tu lado un tiempo y luego soñar con ese tiempo el resto de mi vida. Buscando la forma de convertirte en mi colaboradora, surgió este viaje y el protocolo de experimentación. No lo dudé, me podía aportar lo que yo más deseaba, encontrar la fe y tenerte a mi lado nada menos que medio año o más. —Hizo que le mirara de frente a la cara. Él me miró fijamente a los ojos. Me sentí algo intimidada. Me dijo—: Si me respondes un no, lo entenderé, sé que casi te doblo la edad, pero debo saberlo. ¿Deseas que estemos juntos?, ¿que lo intentemos?

Le miré feliz a los ojos. El corazón me latía a toda velocidad. Intenté mostrarme como una mujer madura y me permití bromear.

—Si fueras un alumno, te regañaría. Tal como lo planteas estás pidiendo un no, pero yo deseo decirte que sí, me halaga que todo esto haya sido montado en parte por mí. Y en cuanto a la edad, debo decirte que me encantan los hombres maduros como tú, ya que los de mi edad no me entienden, son como niños tontos, y los mayores con los que realmente me siento cómoda hablando me ven demasiado joven y no se interesan por mí, así que yo tampoco soy muy experta en amores. Creo que somos el uno para el otro, pero debemos ir despacio, no estoy preparada para que me hieras si te decepciono.

Nick colocó su dedo índice en mis labios para hacerme callar, luego deslizó su dedo por mi boca y volvimos a besarnos, no sé durante cuánto tiempo. Los ruidos cotidianos del poblado nos devolvieron a realidad. Las madres llamaban a sus hijos a comer y la esposa de Galpi tocaba un pito para avisarnos de que ya tenía la comida preparada.

Ese día lo pasamos paseando, nadando y conociéndonos. Ese día se nos olvidó la cita nocturna con Galpi.

Las estrellas y la Luna fueron testigos de nuestra pasión. El Sol nos traería un nuevo despertar de los sentidos y el principio de nuestra gran aventura espiritual.

Galpi volvía a ser de nuevo el artífice de mi futuro.

XIII

Los secretos del Corazón Verde

Nos despertamos sobresaltados por el ruido de cazos, gritos y maracas que desde el exterior hacían unos niños al tiempo que nos llamaban a Nick y a mí por nuestros nombres.

Galpi entró en la cabaña sin siquiera pedir permiso, invitándonos a vestirnos rápidamente.

—Venga, venga perezosos, si ayer hubieran venido a la cita, sabrían que hoy ustedes y yo marchamos al interior de la selva a realizar «la dieta». Cojan una muda y papel higiénico, lo demás lo llevamos Deonel, Hilario y yo.

Aturdidos por el extraño comportamiento de Galpi, nos vestimos lo más rápido que pudimos. Cogí una bolsa con nuestras cosas de aseo, un botiquín y puse nuestras mudas dentro.

Nos rociamos con el repelente de insectos. Nick se cargó la mochila en la que llevaba su cámara de bolsillo, libretas para tomar apuntes y un cuchillo de *survival*, entre otros enseres, y yo cogí nuestros sombreros de algodón.

Nick fue el primero en salir de la cabaña. Fuera había un montón de bultos que cargaban al hombro Deonel y otro joven que habíamos visto algunas veces ayudando a Galpi en las cocciones y preparación de la ayahuasca. Con un gesto, el curandero nos indicó que le siguiéramos, así que partimos detrás del reducido grupo en fila india hasta el embarcadero. Allí nos esperaba una lancha rápida. Cargamos los bultos y embarcamos para adentrarnos en el río.

—¿Hacia dónde vamos? —le preguntó Nick—. En esta dirección el río va a desembocar al Amazonas.

Galpi nos miró fijamente y sin responder la pregunta de Nick comenzó a hablarnos:

—Desde aquel recodo del río en adelante, todo lo que ocurra es importante, todo tendrá un motivo, una razón, una lección, así que observad con los ojos bien abiertos. El lugar al que nos dirigimos es un lugar mágico, especial, donde los espíritus de la selva han enseñado a mis ancestros y a mí mismo el manejo de las plantas sagradas, pero también la comprensión de la vida.

»Tú, Nick, buscas lo sagrado; allí lo encontrarás. Tú, mi niña, vas buscando sin saber el qué; allí lo encontrarás.

»Todos somos animales racionales y como especie tenemos programada en nuestro interior la necesidad de evolucionar, unos lo hacen inventando cosas, otros no queriendo ser nada, otros a través de la política, otros a través de las profesiones y otros a través de la insatisfacción, pero todos por igual luchamos por ser seres humanos «mejores», más evolucionados. Lo único distinto es que cada uno llega a su manera y a su tiempo justo. —Hizo una breve pausa para observar la exhibición de baile acuático que nos estaba ofreciendo un bufeo colorado en aquellos instantes, y luego prosiguió—: En el viaje del curandero para encontrar el conocimiento, todo tiene importancia. Este bufeo colorao —señaló el lugar donde instantes antes lo habíamos visto—, con su baile alegre, nos ha augurado un buen comienzo. El delfín es un animal mágico, así que la magia nos acompaña, nos da permiso para que vosotros la entendáis. Apuntad en vuestras libretas todo lo que vayáis viendo o encontrando que os llame en especial la atención.

Con un gesto de su mano nos indicó que cogiéramos ya las libretas que guardábamos en la mochila. Mientras yo las buscaba, Nick le preguntó:

—¿Cómo sabremos descifrar los significados de las señales?

Galpi le sonrió y, con el dedo pulgar y el índice y con una actitud un tanto irónica, hizo el típico gesto de la palabra americana «*okay*».

—¡Buena pregunta! Pero será contestada allá, en el Corazón Verde; si no, perderás parte de tus mensajes.

—Galpi, ¿debemos apuntar la dirección en la que hemos visto «el mensaje»? —pregunté desasosegada para no perderme algo importante por no saber hacerlo bien.

—Mira que llegáis a ser idiotas los blancos —me respondió algo molesto—. Intentando entenderlo todo os perdéis la mitad de la sabiduría. Si es importante que sepas la dirección, ya notarás que ese detalle es importante.

Nos callamos y a partir de ese instante Nick y yo fuimos apuntando todo lo que nos pareció, sin entender, sin preguntar, solo observando y sintiendo la emoción que las cosas producían en nuestro cuerpo.

Al cabo de mucho tiempo me di cuenta de que mi mente no analizaba, ni enjuiciaba, simplemente se había creado una conexión entre la naturaleza y mi cuerpo. Los colores de las plantas, de las flores y de las plumas de las aves que había ido viendo eran más brillantes y llamativos que de costumbre, y sus formas perfectas, todo era armonioso. Se despertó en mi pecho una extraña vibración que poco a poco fue extendiéndose por todo mi cuerpo. Pensé que aquella sensación era parecida a la que sentía cuando veía a Nick. Así que deduje que aquello era «amor», pero un amor diferente, pues no esperaba nada de las plantas ni tampoco ellas de mí. Era un amor que lo llenaba todo. Me sentí hermosa, me sentí libre, me sentí segura. Nada podía pasarme, todo era como debía ser. Dios estaba en todo lo que veía, incluso en mí.

Deseé compartir con ellos mis emociones. Al girarme vi lágrimas deslizándose por las mejillas de Nick y un brillo limpio e intenso en los ojos de los demás. No hacía falta decir nada, todos estábamos experimentando lo mismo.

Dudé unos segundos si debía o no coger la mano de Nick; temía molestarle. Observé que, al experimentar el miedo al rechazo, aquella vibración y armonía que veía y sentía se debilitaba.

Respiré con profundidad y me repetí mentalmente: «Me merezco ser aceptada, soy hija del Universo, me merezco ser amada, soy hija del amor, soy el Universo».

Las palabras sugestivas hicieron el efecto deseado y recuperé la conexión con mi interior y con la naturaleza, así que, decidida, cogí la mano de Nick, que estrujó la mía, dejando que sus lágrimas brotaran con fuerza al contacto amoroso. Me abracé a él. Besó mi frente.

—Tenía la necesidad de compartir esto contigo —me susurró—, pero temía que tú no lo deseases. ¿Es amor?

Con mi pañuelo de cabeza, sequé sus lágrimas y besé cariñosamente sus mejillas antes de responderle.

—Esto es lo que los místicos debían experimentar al entender que Dios estaba en todo y en todos. En clase siempre les explico a mis alumnos que nosotros somos Dios, y pongo un ejemplo muy concreto: les digo que si analizamos una simple gota del océano Pacífico, los datos nos confirmarán que esa gota de agua es océano Pacífico, pero una sola gota no es un océano; la suma de todas las gotas son el océano. Tú, yo, él, somos gotas de Dios, todos juntos configuramos a Dios. En este momento sé que es así. Hasta hoy ese pensamiento estaba en mi mente analítica, pero ahora es una verdad interior.

Nos abrazamos, dejando que el silencio nos envolviera, y poder seguir disfrutando de ese momento místico.

Las cinco horas de navegación nos resultaron divertidas y se nos hicieron cortas por lo ocupados que estábamos en descifrar y recibir mensajes del entorno.

La lancha rápida paró en un gran recodo del río con aspecto de playa. Allí desembarcamos todo el equipo para adentrarnos caminando en la selva. Los dos hombres nos iban abriendo camino a machetazos. Aun así, resultaba penoso caminar por el lugar. Agradecí llevar encima mi mosquitera, ya que los insectos nos atacaban en formaciones estratégicamente integradas.

Teníamos que detenernos a menudo, ya que debido al calor y la humedad me era imposible seguir el ritmo de los hombres. Odiaba hacer el ridículo de aquella manera, lamentaba no ser atlética y deportista, pero nunca me habían gustado el gimnasio ni los deportes, así que mi resistencia física en aquellos momentos era nula.

Nick se me acercó en uno de los descansos forzosos, pues en mi tozudez por ser como ellos me había casi desvanecido.

—Cariño, no debes esforzarte, yo estoy cansado también, me cuesta seguir su ritmo. Ellos están criados en este ambiente, la humedad y el calor son normales, pero nosotros debemos luchar con el entorno, el clima y los insectos, y es lógico que no podamos seguir su ritmo.

—No hace falta que me justifiques —le dije enfadada por la frustración que me causaba mi sensación de limitación—, soy poco resistente y muy torpe, siempre lo he sido, mi padre no me dejaba hacer nada porque siempre me caía. —Suspiré—. Cuánta razón tenía al decir que era capaz de tropezar con tan solo una raya de lápiz pintada en el suelo.

Galpi se dirigió enfadado hacia mí.

—Deja ya de lamentarte. Si dejaras a un lado tu orgullo perfeccionista y te permitieras disfrutar de esto en lugar de intentar demostrar que puedes ser perfecta en todo, ya habríamos llegado.

—¡Como puedes decirle esto! —Nick salió en mi defensa.

—Mimándola su ansiedad hace que sude más —Galpi se le encaró—, tense más su espalda y sus piernas, y así que se convierte en torpe. —Cambió su aspereza por un tono de voz dulce, conciliador y nostálgico—. Yo la he visto corriendo, saltando, montando a caballo y ¡era salvaje y desbocada! Si lo fue cuando no se sentía observada, también puede serlo mirándola nosotros. Recuerda, «mamita», lo que te decía de niña: «Tanto si crees que puedes como si crees que no puedes, tendrás siempre razón». Así que tú decides.

Me puse a llorar mientras me miraban fijamente.

—Por Dios, Galpi, ¿cómo puedes castigarme así? Si Nick ve que soy miedosa y torpe no podrá seguir admirándome y dejará de quererme como hacen todos: mi padre, mi madre, los chicos, mis amigos… —le respondí.

—Venga, «mamita», que tú puedes —me animó Galpi mientras me tendía su mano para ayudarme a levantarme del suelo—. Piensa que no hay regreso, solo la posibilidad de ir hacia delante y llegar al lugar como tú puedas y sepas.

Me dejé ayudar por Galpi. Sequé mis lágrimas y temí mirar el rostro de Nick. Solo pensar que pudiera ver en él una mueca de rechazo o decepción me hubiera hundido, así que no me fijé en su gesto de apoyo y sin quererlo le herí, pues se sintió rechazado. De ello me di cuenta días después, cuando los dos nos peleamos por nuestras sensaciones de distanciamiento y frialdad.

Dejé de quejarme, presté el máximo de atención al ritmo del grupo y poco a poco fui disfrutando del camino y de la naturaleza. Era bastante torpe, pero, al no importarme a mí, tampoco le importó a nadie más del grupo.

Por fin llegamos a un lugar mágico en medio de la salvaje espesura de la selva. Se abrió ante nosotros un enorme hueco de luz en medio de un sorprendente círculo de árboles gigantescos en cuyas ramas y copas lucían hermosísimas orquídeas y lianas de ayahuasca en flor. Fuera del círculo distinguimos una cabaña y restos de algunas hogueras. Sonriente, Galpi, señaló el lugar.

—Ya hemos llegado al Corazón Verde —nos informó—. Aquí es donde renaceréis a la vida o quedaréis atrapados en vuestras propias mentiras.

Los otros hombres entraron en la cabaña y dejaron dentro los enseres para acondicionarla para nuestra estancia.

—Mientras organizamos el lugar, dad una vuelta, pero sin alejaros demasiado para haceros con su energía.

Nick y yo le obedecimos, aunque nos comenzamos a sentir incómodos el uno con el otro. Yo estaba segura de haberle decepcionado y él estaba preocupado por mi cambio de actitud. Los silencios siempre me habían molestado, así que busqué la manera de romperlo.

—¿Has visto como atacan de nuevo los mosquitos? Yo creía que ya estábamos inmunizados, pero los de aquí nos están dando su bienvenida.

Nick rió mientras nos rociaba con repelente a los dos.

—Es hermoso este lugar. Si el Edén existe, seguro que Dios quiso que fuera aquí. Ojalá fuéramos tú y yo los primeros seres de la creación —me respondió cariñosamente Nick.

Me dejé rodear por sus brazos y besar, pero no me permití entregarme en cuerpo y alma a él. Cogidos de la mano, más relajados y admirados por la exuberancia del lugar, regresamos al círculo.

Deonel nos enseñó la sencilla cabaña. Estaba dividida en dos estancias, una que destinaron para nosotros y la otra que iba a ser comunitaria durante el día y su dormitorio durante la noche. Al lado de la cabaña habían montado una letrina que al tiempo servía de ducha, pues tenía una regadera metálica colgada del techo.

Galpi e Hilario estaban limpiando con unas ramitas flexibles el centro del círculo. Mientras uno barría, el otro iba colocando grandes piedras de colores en distintos puntos del círculo, así como plantas, flechas, plumas y unas alfombritas. Cuando hubieron terminado, Galpi desapareció y Deonel nos pidió que entráramos en el lugar.

—Allá donde el curandero puso esa esmeralda es el Norte; donde el rubí, el Este; esa amatista, en el Oeste; el citrino marca el Sur. —Deonel nos iba explicando—. Acá en el centro está el cuarzo y esta fluorita representa el arriba y el abajo.

Nick y yo íbamos mirando los cristales a medida que el nativo los iba señalando, y asociamos los supuestos puntos cardinales con las piedras.

Deonel nos indicó cómo debíamos sentarnos.

—Galpi me indicó que usted, señorita, se sentara en el Sur —me dijo—, encima de la manta, y usted, señor, en el Norte también encima de la manta, para que esté cómodo.

Así lo hicimos y, en silencio, esperamos al chamán. Ya habíamos aprendido a no preguntar.

Galpi apareció vestido de forma ceremonial. Lucía en su cabeza una enorme corona de plumas rojas y azules de guacamayo, sendos collares de pepitas y huairuros adornando su cuello y tórax. Tenía los ojos pintados con una franja negra, como si de un antifaz se tratara. Por vestimenta solo llevaba un taparrabos.

Se sentó en el círculo frente a los dos.

—Los blancos habéis perdido la noción de lo importante —nos dijo—. Vivís creyendo que habéis aprendido a dominar la naturaleza, que con vuestra tecnología podíais crear poblados que sobrevivan a cualquier situación de emergencia y construís en medio de ríos aparentemente secos, en las laderas de volcanes dormidos, levantáis rascacielos en tierras de terremotos, en medio del paso de tornados colocáis granjas y cuando la naturaleza se mueve para equilibrar las energías, os lamentáis, lloráis, os sorprendéis o maldecís al Creador o a la tecnología por haber fallado y haber causado tanto dolor. Estas situaciones que se van repitiendo deberían enseñaros algo, pero por lo visto no sabéis preguntaros o bien sois tan codiciosos que ni siquiera amáis a vuestros hijos y decidís que es más importante no perder lo comprado, y volvéis a levantarlo en el mismo lugar una y otra vez, sin pensar que lo que ocurrió hoy volverá a ocurrir aunque construyamos mejores puentes o hagamos mejores vehículos apagafuegos o nos organicemos mejor para la próxima vez, pues volverán a morir muchos. Demasiados.

»También he visto por vuestras enfermedades que os debéis creer inmortales. Cuando uno guarda tanto rencor en su corazón es que está convencido de que tiene todo el tiempo del mundo para solucionarlo. Los indígenas sabemos por las leyes naturales que nada es controlable, que la vida es un regalo y que un día, tal vez mañana, se habrá ido; así que construimos donde la propia naturaleza nos protege, observamos sus ciclos para construir nuestras chozas y jamás guardamos una ofensa para mañana. Da mal dormir, pues tal vez mañana él puede morir o tal vez yo, y deberé vivir con eso en mi corazón.

»No sabes cuántos blancos vienen a mí buscando solución, intentando encontrar la forma de librarse de su padre o madre difuntos. Sus propios remordimientos les tienen atrapados por no haberles dicho lo mucho que les querían o no haber sido capaces de pedirse perdón en la vida y liberarse de los rencores.

»Os quejáis de vuestros hijos, pero ellos no son más que un reflejo de la sociedad que vosotros habéis construido. La culpa es vuestra, no de los políticos, ni de los filósofos, ni del dinero, ya que los políticos los escogéis, los filósofos también y el dinero debería ser una herramienta pero lo habéis convertido en un fin, y eso no lo cambian la política ni la religión, sino que es una labor individual de cada uno en su casa.

Galpi no nos dio opción a hablar, estaba claro que no quería un diálogo, sino abofetearnos con verdades para que tuviéramos que observar nuestras reacciones internas. Así, creándonos un estado de enfado o de culpabilidad, nos obligaba a reflexionar. Si nos hubiera dejado argumentar, habríamos buscado la forma de sentirnos justificados, por lo tanto no hubieran servido de nada sus intentos por provocar nuestra reflexión.

Ahora se dirigió directamente a mí:

—Sé que por tu trabajo lo que ahora voy a decir te sonará conocido. Los humanos occidentales en su mayoría os consideráis originales, diferentes e incluso insistís en que no tenéis nada en común con vuestros padres. Pretendéis ser «setas de aparición espontánea». Cuando venís a los poblados indígenas en busca de plantas de poder, os molesta que las usemos según nuestra tradición, pues solo vais buscando… —Hizo un breve silencio, buscaba una palabra y no debía ser de su vocabulario—. Ah, sí, ya recuerdo: «un pelotazo», «un viaje». Y cuando os encontráis que para nosotros «es sagrado» y que solo sirve para curar, os enfadáis. Y por ese motivo los curanderos no os tratan, solo los charlatanes, que os dan un brebaje que os dé «el viaje», alucináis y os han sacado la plata.

Nick buscaba mis ojos, me di cuenta de que necesitaba encontrarse con mi mirada, así que le miré con dulzura y abrí mi corazón de nuevo a él. Galpi tenía razón, la vida era demasiado corta para perderla con tonterías del orgullo. Debió ver el amor en mi mirada, pues se tranquilizó. Yo también, había hecho lo correcto.

—Hasta ahora habéis participado de la ayahuasca curativa física nativa —continuó Galpi—. Hoy conoceréis la ayahuasca espiritual. Pero para ello, para poder sentir «los vuelos» en lugar de solo las *mareaciones* de la planta, debéis entender quiénes sois, despertar vuestros ancestros y perdonaros y perdonarles por lo que no comprendisteis hasta este momento. Cuando hayáis hecho esto podréis entrar en el hogar del espíritu, de donde todos procedemos, y volveréis del viaje siendo «Hombres».

Galpi hizo un gesto y Deonel entró en el círculo dándole agua para beber, saboreó el agua y nos dio un poco a cada uno. Había mucha humedad, así que debíamos beber para mantener nuestra salud en equilibrio y no deshidratarnos por el excesivo sudor.

—El psicoanálisis dura años, así que vamos a emplear la idea indígena de saber quiénes somos. Pensad cada una de las preguntas que yo os haré. Si necesitáis algo más de tiempo, lo pedís, pues aquí el reloj no existe, y desde hoy si trabajáis bien tampoco existirá para vosotros en el mundo blanco.

»Repetid conmigo antes de empezar: "Yo Elenita, Yo Nick, me comprometo con mi espíritu a vivir la vida por el camino de la ternura, la amabilidad, la compasión, la aceptación y el aprecio".

Nos miramos los tres como niños que jugaban a *boys scouts* que, imitando a los apaches, hacían su juramento de sangre.

Las voces de Nick y las mías sonaron altas y claras en nuestra aceptación de compromiso a la vida.

XIV

La importancia de nuestros ancestros

Galpi, con un gesto malicioso, fue lanzando sus preguntas una tras otra.

—¿Cómo fue la infancia de vuestro padre? ¿Qué rasgos positivos recuerdas de su personalidad? ¿Qué rasgos negativos tenía? ¿Qué hubiera hecho si hubiera tenido mejor suerte, dinero o tiempo? ¿Qué no hizo? ¿Era feliz en su trabajo? ¿Era feliz con su vida?

Iba intentando recordar lo que me había contado mi madre de la extraña familia de mi padre. Recordé lo peor de él o lo que yo más rechazaba de él. Poco a poco fui dándome cuenta de hacia dónde quería llevarnos el chamán. Estaba intentando provocar en nosotros lo que yo ya había conseguido a través de la ayahuasca, darme cuenta de que yo no podía ser diferente en formas a mis padres, sino una continuidad.

Nos hacía examinar la vida de mis padres, y también que nos diéramos cuenta de sus defectos y cualidades, de sus creencias sobre la felicidad, el dinero, el trabajo y la familia. También nos hizo analizar nuestra imagen sobre la pareja, observando la que nuestros padres creaban entre sí, pero, lo más importante, cómo fue nuestra relación con ellos.

De pronto hizo las preguntas que me reafirmaban en mis deducciones.

—¿Qué comportamientos positivos has heredado de tu padre? ¿Qué comportamientos negativos has heredado de tu padre? Como tu padre, ¿tú eres...?

Con sus preguntas, Galpi hizo que primero viéramos las cosas buenas y malas que imitábamos de papá. Luego lo mismo, pero de mi madre, y así fuimos entendiendo lo importantes que eran nuestros progenitores en nuestras vidas. Me divertía el ejercicio, pues era una recapitulación de lo comprendido en mi última ceremonia, así que me sirvió para ver aún más las cosas y analizar mi personalidad y mis comportamientos de una manera más profunda, más auténtica, sin el rechazo de no querer ser bajo ningún concepto un retrato de ellos, sino desde una aceptación valiente de que no podía ser de otra manera; si mi padre era «ron» y mi madre «cola», yo solo podía ser un cubalibre, con más o menos ron, más o menos cola, pero un cubalibre, imposible ser un gin-tonic.

También comprendí que ellos habían intentado ser mejor que sus progenitores y hacerlo mejor de lo que sus padres lo habían hecho. Lógicamente, cambiaron solo en lo que a ellos les había afectado o traumatizado, pero en lo demás eran los mismos. Yo, si algún día tenía hijos, ya me había prometido tiempo atrás ser diferente, e incluso me juraba a mí misma dejarles ser imperfectos.

Ante mis ojos se abría la forma en que la especie *Homo sapiens sapiens* había ido evolucionando. Cada cadena familiar iba intentando superar a sus antecesores y así ser más sanos, más altos, más inteligentes y más buenos como personas. Podíamos conseguirlo o no, ese era nuestro libre albedrío; entender, perdonar, superar u odiar, rabiar y desear venganza. Galpi me sacó de mis reflexiones con nuevas preguntas.

—¿Qué esperabas tú de tu padre en vuestra relación? Piénsalo bien, mi niña, pues así serán tus relaciones de pareja. Si de él esperabas aprobación, eso esperarás de tus amores y amigos.

»Y tú, Nick, ¿qué esperabas de tu madre? ¿Qué hacía ella hacia tu padre y hacia ti? Pues eso es lo que es para ti una esposa, y de tu relación con tu madre te has creado un modelo, así que tu inconsciente es lo que siempre esperará.

Volvió a dejarnos en silencio para que meditáramos las respuestas. Estaba claro por qué todos los indígenas daban tanta importancia a las aventuras y hazañas de sus antepasados e incluso se las contaban a la madre del bebé desde el embarazo, para que el niño supiera quién era y hacia dónde iba.

Yo era un eslabón en la cadena familiar, a mí me tocaba heredar sus cosas buenas y mejorar las situaciones no aprendidas, tenía que superar el miedo a no agradar, a la inconstancia, a la soledad y a saber pedir lo que deseaba o necesitaba en lugar de siempre intentar ser el hada madrina de los demás. Tenía que luchar por mis sueños. Mis hermanos heredarían también sus cualidades y escogerían qué cosas negativas superar desde sus actitudes y vivencias.

¡Cuántas cosas ahora tenían sentido para mí! Pero lo mejor de todo era que podía agradecer a mis padres todo lo bueno, que era mucho, y lo malo, porque aún era mejor regalo, era el sentido de mi vida.

Miré a Nick, le oía llorar en silencio. Estaba sentado abrazándose a sí mismo, meciéndose mientras las lágrimas rodaban como auténticos ríos por sus mejillas.

Galpi se levantó y salió del círculo. Yo entendí que daba por concluido el ejercicio, así que me acerqué a Nick y le abracé consolándole como a un niño.

—No puedo parecerme tanto a papá —me decía llorando, mientras me miraba desesperado—, soy igual que él pero por oposición. Le tenía tanto terror, era tan perfecto, que yo me convertí en el lado opuesto, así que al final he terminado siendo como él.

Yo intentaba consolarle, quería que viera lo bueno de ese descubrimiento.

—Oye, Nick —traté de animarlo—, es ahora cuando podrás ser diferente. Es ahora cuando serás quien deseas ser porque has visto la trampa.

Él me besó con desesperación, pero seguía muy angustiado.

—Mamá jamás fue su víctima, ni tampoco tan cobarde como yo creía —decía—, fue la más fuerte y es la más fuerte en su papel de «pobre de mí».

Observé que el curandero estaba hablando con sus ayudantes y que se disponía a descansar un rato, así que decidí levantar a Nick y dar un paseo para calmarlo. No conocíamos el lugar, así que por precaución solo nos apartamos de la vista de los hombres, sin alejarnos más.

—Helen, mi padre pertenecía a una familia de evangelistas —me dijo— y mi abuelo era un hombre rico que obligó a su primogénito, un joven brillante, buen orador e inteligente, a convertirse en un predicador de la Iglesia. Mi padre deseaba ser abogado, pero a mi abuelo eso no le parecía suficiente para él. Vivió en internados y fue controlado de cerca por mi abuelo para que nada mancillara su futuro. Mi abuela era una madre posesiva, así que apoyó al abuelo en su control. Ella fue quién decidió que su hijo debía esposar con la hija de un renombrado predicador, así que les casaron y labraron su brillante futuro.

»Papá jamás conoció la risa —continuó—, ni el amor, solo la rigidez y la culpa, y mamá soñó siempre con ser libre, pero en cambio deseaba el poder que papá le ofrecía. Cuando ella deseaba algo, le provocaba hasta que él le gritaba o la golpeaba y luego huía de él repitiendo: "Si supieran quién eres...". Él se derrumbaba, lloraba amargamente y cedía a la petición de ella. Con el tiempo, después de estas peleas él bebía y ella nos hacía contemplarle en aquel lamentable estado. Y le repetía: "Si supieran quién eres, si no te quisiéramos…". Luego nos miraba y nos susurraba: "Solo yo os quiero, no os fiéis de nadie, todos son como papá y ellas, ellas unas dominantes que os dejarán ante cualquier error vuestro. No son como yo. Fijaros en la abuela, no perdona a papá sus borracheras. Fijaros cómo le recrimina si intenta pegarme, pero yo le perdono; como os perdono por vuestras imperfecciones, aunque él me pega cuando suspendéis o hacéis maldades con los otros chicos y esas chicas. Pero yo, solo yo os amo".

»Papá no sabía abrazarnos, pero ahora me doy cuenta de que era una persona justa y sabía celebrar nuestros éxitos. Él me defendió ante todos porque yo no quería ser un predicador. Yo deseaba ser antropólogo para encontrar el eslabón que nos unía a la creación y así demostrar que Dios era bueno y amoroso. Él me apoyaba, e incluso dejó de hablarles a mamá y a la abuela hasta que logré entrar en la universidad. Murió la noche de mi fiesta de licenciatura.

Sus lágrimas le ahogaban, jamás había visto a nadie llorar tan desconsoladamente. Sus palabras salían a borbotones, como sus lágrimas. Me di cuenta de que necesitaba oírse él mismo relatando su historia. Yo era solo una presencia, Nick estaba redescubriendo su vida.

—Yo siempre miré a papá a través de los ojos de ella —prosiguió—, igual que mis hermanos. La única que siempre le defendió fue la pequeña, se enfrentaba a mamá y salía corriendo a abrazar a papá.

»La noche de mi licenciatura, Anie me dijo que papá se sentía muy orgulloso de mí, yo era el primero en ser libre en aquella familia. Ella me dio las gracias, pues si yo lo había logrado, papá también iba a ayudarla a ella, pues deseaba ser abogada, aunque mamá ya le había buscado una escuela de señoritas y tenía elegido a su futuro esposo. Recuerdo que me guiñó el ojo y, coqueta, se rio.

»Fui a ver a papá, estaba preparando su homilía del domingo. Me dio un fuerte abrazo, el segundo en un mismo día. ¡Toda una vida esperando un gesto amoroso!

»Feliz, casi radiante, me dijo: "Por fin uno de nosotros es libre. Ten este reloj de oro, fue de mi bisabuelo y ha ido pasando de un hijo a otro en función de los méritos. Yo hice lo que tu abuelo deseaba, así que lo gané; tú has hecho lo que tú deseabas, así que eres el único que te lo mereces. No sabes, hijo, el valor que hay que tener para vivir la vida según nuestros deseos. Es más fácil hacer lo que los demás esperan, pues así los fracasos no son tan tuyos, son culpa de los demás. Así que desde hoy tú juegas, tú ganas o tú pierdes, pero recuerda algo, hijo, y no lo olvides nunca: ¡solo se aprende equivocándose! Los errores son lecciones que demuestran que hemos vivido". Me dio el reloj, me abrazó un largo rato y me besó la mejilla.

»Cuando salía de su despacho me pidió algo, como si una premonición... Me dijo: "Hijo, pase lo que pase, apoya a Anie, será una buena abogada y solo tú puedes entenderla".

»Le dejé en el despacho y cuando volví a verle fue a la mañana siguiente, ya muerto en su cama. Los gritos de la abuela despertaron a todos los habitantes de la casa. Ella le llevaba el desayuno todos los días, así que fue la primera en hallarlo muerto en su dormitorio. Me parecía imposible. Su cara era apacible, aunque mamá me culpó por el disgusto que le causaba mi carrera, al no haber cumplido como predicador. No le dejé decir más tonterías, y le crucé la cara de un bofetón.

»Tuve tanto miedo de ser como papá que olvidé aquella noche, el reloj, y huí lejos. Entré a trabajar en la universidad. Me llevé a Anie al sur, estudió y ahora es una mujer libre y encantadora. Sin saberlo, él me obligó a salvarla.

»Siempre he temido a las mujeres, aunque me engañaba a mí mismo ocupando mi tiempo en ser el mejor. Sin querer he seguido siendo un cobarde, como mi familia, pero ahora sé que puedo cambiar y ser quien papá soñó que llegaríamos a ser mi hermana y yo. Ella lo logró, tiene una buena vida, dos hijos encantadores, un esposo atento que dice que se me parece. Ahora me toca aprender a vivir a mí.

Le abracé y le susurré al oído:

—Creo que no solo te toca aprender a vivir, sino que también tienes que continuar con lo que él comenzó a buscar y no sabemos si encontró: el eslabón del hombre antiguo que comenzó a creer en Dios para luego volver a él como estás haciendo tú, sin miedo y con auténtica fe.

—¡Gracias, Helen, gracias!, por dejar que te ame, por dejarte abrazar y dar tanta paz a mi alma —me agradecía mientras me elevaba en el aire.

La llamada de Deonel nos hizo regresar al círculo.

—Tomen este caldo de pollo, dentro de un rato comenzará el trabajo con el camarambi negro y deben estar cómodos.

Nos sentamos a tomar la sopa con verduras y trocitos de pollo a la que ellos llamaban «dieta de pollo». Galpi seguía vestido ceremonialmente y guardaba silencio. Optamos por comer también en silencio. Descansamos acostados en la cabaña durante algo más de una hora por indicación de sus ayudantes, mientras él estuvo oculto en algún lugar de la selva hablando con los espíritus. Al anochecer nos vinieron a buscar.

—Pónganse cómodos, llévense repelente y cojan algo para cubrirse, puede ser que tal vez tengan algo de frío.

Yo cogí mi saco, una chaqueta para cubrir los brazos, el repelente y la gorra mosquitera, ya que al anochecer los mosquitos eran auténticos kamikazes. Ocupamos de nuevo nuestros lugares en el círculo. Antes de hablar, Galpi, pacientemente, nos dejó acomodar.

—Este ritual es sagrado, solo unos pocos de nosotros tenemos la posibilidad de vivirlo y solo unos elegidos saben realizarlo, por eso Imahero se llevó con ella a los otros americanos. Ella es la auténtica conocedora de las tradiciones. Como mujer, tiene la capacidad de otorgar el máximo poder. Yo he tenido la suerte de poder acceder al cuarto grado de curandero gracias a que tengo cuatro hijas, mi esposa y a Imahero mi suegra; en cambio, mi primo no ha sido tan afortunado, pues tiene tres hijos y solo su esposa.

»Mi poder proviene de las mujeres, ellas me elevan y me apoyan mágicamente. El hombre es acción y ellas son recepción, intuición, creación, magia.

»Hablamos Imahero y yo y decidimos que había llegado el momento de mi niña Elenita, así que después de tu vivencia en el poblado ya no debías demorar más tu despertar, luego tu libre albedrío te ayudará a decidir lo mejor.

»Debes poder conocer y ver la verdad, luego el auténtico aprendizaje será un juego para ti. Desde niña has estado preparándote para este momento, en cada sufrimiento, en cada alegría, en tu forma de optimismo, en tu capacidad innata de recordar lo bueno y aprender de lo malo, en la manera forzada por el destino de conocer tantas culturas y países distintos, en tu capacidad de sentir y reconocer la divinidad en las cosas, en la naturaleza y en las personas. Incluso en tus héroes infantiles: Merlín, Gandhi, Krishnamurti. ¿No te parecen ídolos extraños para una niña?

»Debes despertar y salir del país de la ilusión donde todos los mortales se han atrancado por culpa de sus miedos. Si hoy eres capaz de entrar en el mundo donde todo ES, al regresar sabrás vivir la vida siendo una con todo, sin miedo y con agradecimiento.

Como si hubiera movido dentro de mí un extraño resorte, recordé unas frases que me repetía mi abuela antes de acostarme y que me llevaron a un hermoso cuento que muchas noches leía y releía. Con voz monocorde repetí las frases y conté la historia, sin ser consciente de que había interrumpido a Galpi ni de que estaba expresando mis pensamientos en voz alta.

—No se puede ser agradecido y desgraciado al mismo tiempo. En un corazón agradecido no puede entrar el miedo, y la culpa cede su plaza a la paz, el perdón y la comprensión. La gratitud y la confianza van de la mano; para sentirse agradecido hay que confiar en que el Universo tiene sentido, que cada pregunta encierra en sí la respuesta y cada problema porta la semilla de la solución, y no quedarse cruzado de brazos. —Entonces conté la historia de mi abuela—: La muchacha despertó sin saber que había llegado al País de la Ilusión. Estaba cansada del largo viaje y no sabía cuánto camino le quedaba por recorrer. ¿Qué pasaría si no conseguía llegar? Al instante el miedo se apoderó de ella. «El miedo y la duda nos impiden ver la realidad», se repitió recordando las palabras de su madre. «¿Es posible que mis miedos y mis dudas no me dejen ver?», se preguntaba.

»Ante ella, unos minúsculos puntos plateados tomaron forma, mostrándole una hermosa hada de cabellos y alas plateadas como la Luna y un vestido azul tan hermoso como el cielo. A pesar de su asombro, la muchacha le preguntó:

»"Oye, mágico ser, por favor, ¿cómo puedo ir al País de la Ilusión?".

»El Hada Azul le respondió:

»"Es este lugar, donde has estado la mayor parte de tu vida".

»La muchacha volvió a preguntar:

»"¿He andado perdida durante años y ni siquiera lo sabía?".

»"Sí, todo el mundo va sin rumbo fijo en el engaño del País de la Ilusión. Nadie ve bien, todos llevan gafas de colores, así que nadie acierta jamás".

»"¿Qué debo hacer para seguir adelante?", le preguntó la muchacha.

»"Escuchar a tu corazón jovencita, escuchar a tu corazón".

»Y delante de sus ojos el Hada Azul desapareció. Nerviosa, pues no estaba acostumbrada a confiar en su corazón, prosiguió su búsqueda. Ya exhausta, vio a lo lejos un extraño lugar. De nuevo, dudó.

»"Ni siquiera sé por dónde empezar. Llevo viajando mucho tiempo y no estoy segura de dónde debo estar ¿Cómo encontraré el camino de la verdad? ¿Será aquel extraño lugar que veo a lo lejos?", se preguntaba.

»El Hada volvió a materializarse juguetonamente ante ella y le dijo:

»"Otros han venido con la misma intención, encontrar la verdad, pero terminan quedándose aquí, en el País de la Ilusión".

»"¿Por qué lo hacen?", preguntó la niña.

»"Este es un lugar muy tentador, aquí la gente solo tiene que ver lo que elige ver. Aquí la gente siempre está luchando por saber lo que es real y lo que no lo es. Por supuesto, pierden el tiempo, porque en el País de la Ilusión nadie sabe con seguridad lo que es real".

»"Estoy muy confundida", confesó la muchacha.

»"Todos andan confundidos por aquí".

»"¿Por qué?", preguntó de nuevo la muchacha al Hada Azul.

»"Porque suponen que no pueden hacerlo bien".

»"¿Quién les ha hecho creerlo así?".

»"Las comparaciones con otros de su especie. Siempre hay algún animal u otro ser humano que puede ser más rápido o más grande", contestó el Hada Azul.

»"Ahora no te creo, eso es ridículo", dijo la niña, pero entonces comenzó a recordar las veces que en su vida había tenido miedo de realizar algo porque creía que no sería capaz de hacerlo bien.

»"Algunos han intentado explicárselo", siguió diciendo el Hada Azul, "pero no se lo creen, incluso algunos se enfadan con sus padres por haberlos tenido y con el mundo por no haberlos hecho los mejores".

»"¡Qué lástima!", exclamó la joven.

»"Todavía hay más", reafirmó el Hada Azul. "Muchas son como orugas que se arrastran intentando no ser vistas, porque se consideran feas sin tener ni idea de que algún día serán preciosas mariposas. Pero lo peor es que algunas, cuando por fin se convierten en mariposas, siguen viéndose como viejas y feas orugas, y otras se olvidan de que una vez fueron orugas y se vuelven orgullosas y engreídas".

»De pronto oyeron llorar a una palmera.

»"¿Qué le pasa?", quiso saber la muchacha.

»"Tiene mucha vergüenza de producir dátiles".

»"¿Por qué?", preguntó de nuevo la joven sin salir de su asombro.

»"Los plataneros que están alrededor dan plátanos, y la palmera está convencida de que es imperfecta por ofrecer a su dueño dátiles en lugar de plátanos".

»De repente, la muchacha recordó a su madre con los brazos en jarras, reprochándole: "¡Eres demasiado fantasiosa, demasiado miedosa, demasiado desordenada!". Sintió un fuerte nudo en la garganta, pues comprendió que siempre fue lo bastante buena siendo como era, aunque no le gustase a mamá.

»La niña no podía creer lo que estaba viendo… Un hombre estaba saltando igual que las ranas.

»"¡Oh! Es un príncipe que se cree rana", dijo el Hada Azul con mucha naturalidad. "Ya te dije que todos andan muy confundidos por aquí, hasta las flores".

»"¿Las flores?", preguntó asombrada.

»"Sí, se sienten culpables".

»"¿Por qué?", preguntó la niña muy intrigada al Hada Azul.

»"Por necesitar la luz del Sol, ocupar espacio y absorber el alimento que necesitan de la Tierra".

»"¿Y se sienten culpables?".

»"Sí, piensan que no son merecedoras de ello, no estiman su propio valor, igual que tú y otros que dudan por aquí".

»La muchacha salió de sus reflexiones y, muy seria, dijo:

»"Debo seguir mi búsqueda de la verdad".

»"Encontrarás mucha por aquí".

»"¡Si nadie sabe siquiera qué es la verdad!".

»"Así es. Se puede encontrar parte de verdad en lo que no es… ¡Vamos a dar una vuelta!".

»Curiosa, siguió al Hada Azul. Malo no sería, las hadas siempre eran buenas en los cuentos.

»"¿Qué le ocurre?", preguntó la muchacha al ver a un jardinero inmóvil en el suelo.

»"Se quedó así un día que no fue capaz de decidir qué flores debía plantar. Le preguntaba a todo el que pasaba, pero unos le decían que empleara flores, otros le aconsejaban que plantara árboles. Más tarde tampoco supo si debía podarlas mucho o poco, ni el mejor tipo de abono. Fue pidiendo cada vez más a menudo la opinión de los demás, pero siempre ocurría lo mismo: a unos les daba igual, otros se inclinaban a favor de una idea y otros por la contraria. El pobre jardinero comenzó a angustiarse y por fin ya no sabía siquiera tomar las decisiones más básicas, y recuerda que estamos en el País de la Ilusión, así que cada uno opinaba algo totalmente diferente a los otros. Al final se colapsó. Supongo que la única decisión que se atrevió a tomar fue la de no hacer nada más".

»"¿Le preguntasteis por qué creía que los demás sabían mejor que él lo que se debía hacer?".

»"Sí, alguien le preguntó, y contestó que siempre tenía miedo de equivocarse en la elección".

»"Pero… ¿y qué hubiera pasado en caso de equivocarse?".

»Se le subieron los colores a las mejillas, pues recordó las veces en las que les había pedido opinión a su madre y a sus amigas por miedo a cometer un error. También recordó los días de confusión y desesperación que la habían obligado a quedarse en la cama, sin poder salir de casa. El Hada Azul y la joven siguieron paseando, viendo más autoengaños a los que se aferraban los habitantes de aquel lugar.

»"¿Por qué se quedan aquí? ¿Por qué se creen que son felices?".

»"Porque se han acostumbrado a ello por miedo a dejar su incomodidad cómoda. Se encuentran cómodos con la locura de no saber lo que es real y lo que no lo es, viendo solo lo que quieren ver aunque sean desgraciados o se hagan daño. De todas formas, no saben lo que les espera en otro lugar, temen que pueda ser tan malo o incluso peor que aquí, por eso se preguntan: ¿para qué voy a molestarme en arriesgarme?".

»La muchacha comprendió muy bien lo fácil que era quedarse en un lugar al que ya se había acostumbrado. La incomodidad cómoda, aquello que era conocido aunque fuera desgraciada o la perjudicara. Mientras escuchaba al Hada Azul se dio cuenta de lo que le había costado dejar todo lo que le era cómodo y familiar, para comenzar un viaje hacia lo desconocido. Una fuerza electrizante le recorrió su cuerpo, debía irse ya.

»"¡Debo marcharme!".

»"¡Irás en busca del mitológico mundo de ES, pero a la mayoría su ceguera les impide encontrarlo!", exclamó el Hada Azul.

»"¡Pero yo ya sé qué debo hacer para encontrar el camino correcto!".

»"Algunos regresan corriendo, no les gusta lo que encuentran ni lo que han visto".

»"¿Como por ejemplo…?", preguntó la muchacha.

»"La verdad".

»"¿Qué quieres decir?".

»"Que encuentran lo que verdaderamente es. Allí las cosas no son como quieres que sean o crees que son o que podrían ser. Allí ES".

»"¿Por qué salen corriendo, si se trata de la verdad?".

»"Si hubieras visto a los que volvieron, llorando y lamentando haberse ido, no continuarías tu viaje. Les costó mucho volver a la normalidad e incluso nunca llegaron a ser los mismos. Otros enloquecieron".

»"Deseo cambiar, necesito saber la verdad. Deseo ser quien soy y vivir siendo".

»Guiñándole un ojo, el Hada Azul le dijo:

»"Sabía que serías una de esas personas que dejan este lugar. Tienes mucho valor y sé que lo conseguirás".

»"¡Gracias por todo!". Y respirando profundamente, se dejó guiar al mundo de ES.

De pronto volví en mí. Galpi y Nick me miraban ensimismados, la magia de mi voz les había arrastrado hacia el interior del cuento.

—Sí, mi niña, vais al mundo de ES. Ahora cada uno de vosotros entrará en esa parte del cuento y le dará su final. Entrad en el País de la Verdad; dejad la ilusión que creéis segura y vivid a partir de este momento en plenitud.

Se hizo el silencio mientras preparaba el brebaje negro oscuro y gomoso que íbamos a tomar.

XV
La verdad

Galpi entonó unas oraciones en su lengua nativa y, a pesar de no entender sus palabras, nos provocaron una inmensa paz interior. Me recordaron a las nanas que se les cantan a los niños para calmarles antes de dormir. La lengua shipibo es tan parecida al lenguaje polinésico en tono y formas de vocales que con los ojos cerrados me sentí transportada a mis fantasías hawaianas. Uno de los muchos *icaros* que entonó era algo así:

Atunhuaria vaporninchi
Shamuirimun paicayari yari yari
Mundotucunanmantashi yari
Shamuirimun paicayari yari.

—Nick, ven, por favor —le llamó Galpi.

Abrí los ojos y vi a Nick levantarse y dar unos pasos hasta situarse delante de Galpi. Este lo hizo sentarse delante de él, mientras le pasaba por encima de su cabeza y a los lados de los hombros un manojo de hierbas que movía rítmicamente, haciendo un agradable sonido a maracas. Después, el curandero encendió su pipa, fumigándole con el humo del tabaco, que provocó un ataque de tos en Nick.

Por poco nos da un ataque de risa, lo que en esos momentos hubiera enfurecido al chamán. Pude reprimirme, al igual que él.

—Toma y bebe de un trago el brebaje de la verdad. Es amargo, tan amargo como lo cierto, lo auténtico. Ya no podrás ocultarte detrás de las apariencias, ya no podrás huir, ya no habrá vuelta atrás.

Nick tomó un pequeño coquito que contenía el jarabe negro, lo olió y lo apoyó a la altura de su corazón unos instantes, supuse que debía estar hablando con el espíritu de la planta, tal como nos enseñaron a hacer en los rituales con la ayahuasca. Lo tomó. Un escalofrío incontrolado recorrió todo su cuerpo.

—Ya puedes regresar a tu lugar —dijo Galpi haciendo un gesto con su dedo para que Nick volviera a ocupar su lugar en el círculo. Le vi hacer guiños de asco al dar la espalda a Galpi y reacomodarse en su sitio—. Niña, ya puedes venir —me dijo.

Qué mal me sentaba el mote de «niña», lo identificaba como peyorativo, como una forma de poner en duda mi valía debido a mi juventud. Molesta por ese «niña», me coloqué frente al curandero, aunque comparándome con él evidentemente no era más que eso, una niña.

Galpí repitió la misma ritualística, las hojas y el tabaco. Tuve que luchar por no toser con el humo, temía que mis nervios me traicionaran y al toser terminara riendo histéricamente.

Vi cómo llenaba el coquito y me lo entregaba. No recuerdo qué me dijo al dármelo, solo puedo recordar los latidos de mi corazón invadiendo mis oídos, mi respiración sofocada y el temblor de mis manos. Creo que si no me hubiera paralizado el terror, en ese instante hubiera salido corriendo.

Galpi apoyó el brebaje de mi mano en mi corazón. Torpemente recuerdo que le pedí un buen viaje al país de la verdad, que me la dejara ver pero poco a poco, suavecito, sin prisas ni dolor. Él mismo acompañó mi mano a mi boca y entendí que debía tomarlo ya sin más dilación. Una bocanada de asco recorrió todo mi cuerpo al sentir cómo el líquido amargo y pegajoso descendía por mi garganta y un desagradable escalofrío sacudió mi columna. Tuve que luchar por no vomitar.

El curandero me acompañó a mi sitio e hizo que me estirara en el suelo. Deonel se quedó a mi lado secando el sudor frío que empapaba mi frente, mis manos y todo mi cuerpo. Galpi volvió al centro del círculo.

—¿Y Nick?, ¿cómo se encuentra? —quise saber.

—Silencio, señorita. Hilario está al lado de él. Piense solo en su experiencia.

No sé el tiempo que pasé luchando con el malestar corporal, pero una voz en mi interior me hizo reflexionar sobre mis síntomas. Eran palpitaciones de miedo, y el sudor, la reacción física que siempre sentía frente a la ayahuasca. Pensé que si respiraba rítmicamente, intentando relajarme, los malos síntomas pasarían, así que me puse a ello. No sé el tiempo que debió pasar, pero de pronto me descubrí respirando agradablemente y escuchando los sonidos de la selva, que me recordaban a un concierto musical.

Me tranquilicé, los síntomas ya habían desaparecido y no sentía mi conciencia alterada, así que me dispuse a esperar a que Galpi diera por terminado el ritual. No me sentía diferente, ni después de los mareos ni de los sudores habían comenzado los colores calidoscópicos, así que di por supuesto que todo había sido en vano, pero no me importó mucho, no tenía claro que yo estuviera preparada todavía para descubrir el mundo de ES y creía que aún debía permanecer en la incomodidad cómoda del País de la Ilusión.

Oí vomitar a Nick y me incorporé, quedándome sentada con la espalda recta y las piernas cruzadas, al tiempo que Galpi comenzó un canto, dulce y rítmico como el de un encantador de serpientes. Cerré los ojos, pues a mi amor ya lo estaban cuidando.

La música se convirtió en el hechizo del flautista de Hamelín. Galpi cantaba acompañándose de una ocarina. Jamás se lo había visto hacer. La mezcla era tremendamente mágica bajo los efectos del enteógeno.

No deseaba abrir los ojos ni moverme, contemplaba cómo las notas musicales se convertían ante mí en explosiones de color y formas calidoscópicas como una gran serpiente que iba deslizándose y enroscándose.

Galpí dejó la ocarina a un lado y comenzó a tocar las notas de la canción de la ayahuasca con una especie de flauta de madera de un sonido muy penetrante. Entonces oí la voz de Nick quejarse y lamentarse, unas veces déspota, otras con voz de niño, asustado y pidiendo que aquello acabase. Yo iba integrando sus gimoteos e insultos en mis visiones; también la voz del ayudante que le cuidaba y el concierto de ranas y sapos cercano a nosotros en algún rincón de la selva.

Los dibujos que se formaban en mi mente movieron en mí el recuerdo de la Yacumana, la serpiente de treinta metros de largo. No me extrañó que la citaran en sus visiones, yo estaba siendo llevada por ella a extraños lugares. Los lamentos de Nick, junto con los sonidos selváticos de fondo, me transportaron a un extraño lugar donde los colores rojo y negro predominaban llamativamente y mujeres en topless danzaban enrolladas a una barra metálica que unas veces era calidoscópica y otras la propia Yacumana. Todo ello me conducía a estratos más profundos aún de aquel casino tipo Las Vegas, sórdido y lúgubre.

Nick parecía transformarse en muchos a la vez. Le oía expresar su necesidad de acabar ya el ritual con violencia, al tiempo suplicaba protección como un niño, otras veces maldecía con odio, y la flauta de Galpi sonaba impenitentemente. Sentí que yo era una mirona que había pasado gran parte de mi vida siendo solo una espectadora, así que aquello estimulaba aún más mi curiosidad. Mi cuerpo seguía recto, sabía que aunque quisiera no podía moverme, pero me sentía orgullosa de mí misma, era capaz de ser valiente.

En el instante en que me regocijaba por mi valentía, me di cuenta de que aquello debía ser el infierno que Dante describía en *La divina comedia*. ¡Así que había bajado a los infiernos! Me empezaron a molestar los lamentos de Nick y sus actitudes negativas frente a la vida. Comencé a ponerme nerviosa, yo no quería estar allí. ¿Por qué tenía que ser infeliz como todos los demás? Yo había escogido vivir la vida viendo su lado bueno, su lado hermoso; entendí que cada uno de nosotros escogía cómo vivir las cosas. Pues bien, yo escogía lo bueno, lo feliz, lo hermoso. Respiré para tranquilizarme. La flauta se silenció por arte de magia en el momento preciso para mí, así que decidí dejar de observar auditivamente a Nick y a la selva; ellos tenían derecho a ser como quisieran, igual que yo a autoengañarme con el color rosa de la vida.

Al reconocer mi autoengaño todo se rompió, como si una gran ventana de cristal estallara y se hiciera añicos y yo saliera proyectada por la ventana en cientos de miles de partículas, siendo cada una de ellas una conciencia con entidad propia, unidas por un cordón invisible a mi cuerpo físico. Ese cuerpo físico sentía dolor en la espalda y en los pies, pero podía ignorar ese dolor, era más fuerte la necesidad de seguir quieta y contemplar lo que ocurría, así que continué de espectadora.

Volé por encima de ciudades bulliciosas, tomando conciencia de las distintas formas que teníamos de vivir un mismo hecho, una misma realidad, viendo las mil y una maneras que teníamos de autoengañarnos, las trampas emocionales, sociales, científicas, y todo se reducía a miedo a vivir.

A pesar de todos nuestros avances, seguíamos siendo los mismos hombres primitivos asustados ante la incertidumbre de la vida. Habíamos inventado cosas supuestamente seguras: luz para vernos en la oscuridad, calor y frío artificial para protegernos, con el eslogan «calidad de vida», agua corriente y automóviles, calles, asfalto y semáforos, teléfonos para estar siempre comunicados… A cambio teníamos más miedos: perder nuestra casa, no poder pagar la luz, el agua. ¿Qué haríamos sin teléfono? ¿Y sin televisión? Necesitamos el calor y el aire frío artificiales… Miedo y más miedo que siempre encubre «incertidumbre frente al futuro».

De nuevo los cánticos. Todo era ahora velocidad, soy todos y nadie. Reflexioné, así debe ser cuando somos solo alma, cuando la limitación del cuerpo físico no existe.

Suena de nuevo la flauta. Esta vez reconocí una de las canciones de la ayahuasca: «Ayahuasca curación, ayahuasca *alilin*… *Larara, larara*…».

Me tranquilizó, Galpi estaba curándonos espiritual y físicamente. En uno de mis informes de esos días escribo: «Los nativos que han tomado más de veinte veces ayahuasca, sean hombres o mujeres, están mucho más adaptados a su entorno. Se adaptan a las limitaciones y a las acciones cotidianas».

Irónicamente sonreí. No me extraña que se adapten, yo ahora también quiero volver a la limitación de mi mente tiempo-lineal. Me asusto de nuevo, si sigo siendo mente, me pierdo en mil abstracciones pero no concluyo ninguna. Todas son válidas y al mismo tiempo entiendo que son juegos de autoengaños humanos. La vida es cuestión de actitud, no iba tan desencaminada en querer ser feliz. La palabra «actitud» resuena una y otra vez, mientras ante mí van pasando cientos de vidas de personas, algunas conocidas y otras no. Quiero un cuerpo físico, lo quiero…

Actitud, miedo, elección, actitud. Yo elijo, yo elijo aprender de todo, de lo bueno y lo malo. De lo malo también se aprende, tal vez es de lo que más aprendemos. Todo se va acelerando, más bien centrifugando, ya lo he entendido, ya lo he entendido, algo dentro de mí grita: ¡para!, ¡para ya de cantar! Galpi…

De nuevo el silencio. Todo va más despacio. Mi actitud; debo dejar de ser una mirona e involucrarme sin miedo a equivocarme, sin miedo al dolor, solo importa aprender y solo se aprende viviendo. Los colores me envuelven, me siento elevarme al cielo, salgo del infierno pero me siento feliz, he aprendido a vivir en el infierno sin hundirme, sin quedar atrapada en su desesperación. Entiendo que esa es la vida cotidiana. ¡Bien, he entendido algo más!

De nuevo la flauta. Me vuelve a arrastrar pero fluyo, me dejo llevar porque estoy viva. Vuelvo a ser curiosa como los bebés y los niños. Nada puede pasarme, papá Galpi cuida de nosotros; igual que la vida, si le dejamos fluye a favor nuestro.

Me siento agradecida por tener un cuerpo físico, por conocer los límites, dónde empiezo y dónde acabo, dónde empiezan los demás y dónde acaban. No sé cuánto tiempo estoy prendida de la música que toca Galpi. Cambia el ritmo musical y su *icaro* se convierte de nuevo en una nana. Me doy cuenta de que ya no se oye a Nick, se debe haber relajado después de tantos vómitos. Le amo, sin deseo, sin necesidad, simplemente le amo, tampoco me importa si él me ama, pues he dejado de necesitar poseerle, puedo amarle así toda la vida, sin sufrir.

Me gusta esta nueva sensación amorosa, amor sin condiciones, sin apegos, simplemente amor.

La canción vuelve a captar mi atención, sigo sin poder mover un solo músculo, ni una pestaña, pero el dolor de mi cuerpo sigue siendo un lejano recuerdo. Me siento un buda, me hace gracia tomar conciencia de mi postura corporal. Buda fue un gran maestro, al que todavía no he conseguido entender ha sido a Cristo. Buda nos habla del equilibrio, del camino del medio como aprendizaje.

Voy viendo en mi «pantalla de cine» de la memoria las escenas de una antigua película india rodada en Bután que cuenta la vida de Buda. Recuerdo la escena en la que el joven Siddharta[21] está hecho un asco, apoyado en un árbol al lado del río Ganges, el río sagrado. Es en aquel momento el *baba*[22] de los renunciantes y ascetas, ha castigado duramente su cuerpo, sin comida, casi sin agua, sin limpieza y en medio de sus meditaciones oye la conversación de un profesor de Música con sus alumnos mientras navegan en barco por el río: «El secreto de la armonía está en la tensión de las cuerdas; si apretamos demasiado se rompen, si están flojas no suenan». Las palabras resuenan en su mente contemplativa y de pronto lo entiende: el camino de la verdad se encuentra en el punto medio; si castigo mi cuerpo, este enferma, y si lo relajo, se vuelve gandul y vanidoso.

Me hacen gracia mis recuerdos y la similitud que hago de Buda y de mí misma en esos momentos. Mi mente también resuena con los mensajes externos y todo va cambiando a medida que voy entendiendo más el País de la Ilusión. La canción de Galpi me devuelve a los recuerdos de la película, ahora lo veo todo en blanco y negro. Buda se levanta muy penosamente, su aspecto está muy deteriorado y le pide una confirmación al río. Una niña que estaba por allí le da un cuenco para que beba y él coloca el cuenco en el río y le pide una señal: si él tiene razón, el cuenco debe desplazarse contracorriente. El milagro ocurre y Buda come del arroz que le ofrece la niña. Sus seguidores se enfurecen, ha abandonado la mentira que escogieron ellos para castigar sus cuerpos y huir de la vida.

Él intenta explicarles, pero no desean escucharle, son como las flores del cuento de la abuela, no se creen merecedo-

---

21 Príncipe que nació en la India y que se convirtió en Buda.

22 Gurú o maestro espiritual en la India.

ras de la vida y se castigan no encontrando su lugar en la cadena de la vida.

De pronto mi mente presta atención a un fragmento de la canción que ahora canta en castellano Galpi.

—Abre tu corazón, deja a un lado la razón y ábrete corazón, aléjate pensamiento, aparta el sufrimiento y ábrete corazón...

Mi pensamiento regresa a la película, pero ahora todo lo veo en unos colores muy vivos. Buda está guapo, bien peinado (ha hecho un recogido con su larga melena), con ropas blancas y austeras cubriendo su cuerpo. Ahora está apoyado en un hermoso árbol de grandes raíces.

Reconozco la escena, es el momento de su iluminación, cuando lucha contra los engañosos miedos, representados por un terrible ejército chino dispuesto a dispararle flechas, pero él acepta el engaño del miedo a la muerte y al sufrimiento. Las flechas se convierten en pétalos de lotos, rosas y jazmines. Incluso puedo olerlos.

Después aparece la tentación de la pasión, la lujuria y el deseo en las tres hijas enviadas por la oscuridad. Él las observa divertido e inmutable sin caer en el descontrol de las emociones, siendo consciente de lo irreal, de los deseos que una vez consumados nos convierten en sus esclavos, pues añoramos la montaña rusa de emociones que movieron en nuestro interior, creándonos la falsa ilusión de sentirnos vivos el tiempo que duró el fuego del deseo. Las tres hijas desaparecen comidas por la furia de su padre al no crear en Siddharta la zozobra de la ilusión.

Por fin las fuerzas parecen doblegarse ante el príncipe, y cuando la verdad parece que va a relucir ante él, del fondo del lago sale la imagen del joven. La verdad es él, pero Siddharta descubre el engaño de la autoimagen, la complacencia del ego que somete al ser interno. La enseñanza de la verdad sin humildad es poder, es la voz del ego, el engaño de la mente explicando a Dios, forjándole a su imagen y semejanza. Un Dios todo orgullo, furia y poder. Estamos hechos a imagen y semejanza de Dios, pero no somos la totalidad de Dios, así que la imagen no importa, es solo el envase, la lámpara, el templo que contiene la semilla de Dios, y el Ego se disolvió mostrando la iluminación a Buda.

De nuevo la canción de Galpi resuena en mi interior: «Ábrete corazón, deja a un lado la razón… y despierta el corazón…». Sí, de repente lo entendí, todo era frecuencia. Estábamos hechos a su imagen y semejanza, sí, pero en lo concerniente a mente creadora, en una frecuencia en la que pasado, presente y futuro no existían, donde todo era un mismo tiempo, como cuando mi mente vagaba en mil cosas a la vez. Existimos para que Dios pueda vivir retazos de él mismo y seguir en constante movimiento, siendo él todo.

Las ideas se conectaban en mi cabeza unas con otras a una rapidez incontrolable, una reflexión me llevaba a otra más reveladora aún que la anterior. Me di cuenta de que todo era un juego maquiavélico. Cada uno de nosotros hacía de espejo natural de los demás. Yo no podía saber quién era si no me veía reflejada en las cualidades o los defectos de los demás. Había aprendido con el tiempo que los defectos que menos soportamos en los demás son nuestros defectos ocultos, lo que no sufrimos poseer y las cualidades que más admiramos en los demás son nuestros potenciales, y lo que consideramos normal en los demás es lo que normalizamos o no ensalzamos en nosotros mismos, convirtiéndolo en ordinario. Así que Dios para conocerse…

Me salió un diablillo interno que me hizo ironizar. Dios para psicoanalizarse necesita de todos nosotros, de todos, los buenos y los malos, los valientes y los cobardes, para verse él. Necesita reflejarse en cada uno de nosotros, como nosotros necesitamos del grupo.

¡Cuánta razón tenía el XIV Dalai Lama al decir de los chinos!: «Debemos agradecer a nuestro enemigo, pues es nuestro mejor maestro, nos muestra quiénes somos en su máxima expresión».

Estaba en el País del Ser, allí donde todo ERA. Un gran pulso comenzó a latir frente a mí, del que salían cientos de miles de hilos hacia cada uno de nosotros y al mismo tiempo se entrelazaban creando una gigantesca telaraña, cuyo corazón era un punto pulsátil. Ese era el tiempo lineal en el que cada ser encarnado vivía. Y el único reglamento que existía escrito en el manual de instrucciones que habíamos perdido al nacer era la «gratitud», o lo que nosotros llamamos «amor». El libre albedrío era el juego, y el amor o la gratitud por la vida lo único que nos redimía del dolor y del sufrimiento.

Buda lo entendió, era hermoso reencarnar, pues gracias a ello cada uno de nosotros tenía la posibilidad de aprender quién era Dios y qué era ser consciente de Dios. Sin la experiencia física estaríamos toda la eternidad para tomar una sola decisión de aprendizaje, así que reencarnando vivíamos la experiencia lineal una y otra vez, hasta entender.

Una vez entrábamos en el mundo de ES, de la Verdad, rompíamos el dolor y el miedo, pudiendo vivir el ser que todos llevamos en nuestro interior y así, ayudando a Dios a conocerse a sí mismo, impedimos la lucha de las energías, la involución, y manteníamos el equilibrio en las frecuencias.

Todo el dolor que vivimos es miedo, toda la experiencia del planeta Tierra es miedo. Miedo al futuro incierto, miedo a la separación del amor del Universo, miedo a perder la Tierra que no poseemos, miedo a no ser dignos… El miedo es la ausencia del amor; allí donde haya amor jamás podrá haber miedo.

La música y los *icaros* del curandero cesaron, mi cabeza se arremolinó.

Yo era Buda, había vivido mi proceso de iluminación. Pero ahora, ¿cómo podía volver a la vida ordinaria? Todo lo que creía era falso, todo en lo que apoyábamos nuestra seguridad era falso. Si explicaba lo que había comprendido, las palabras quitarían autenticidad a todo lo que había visto y sentido.

¿Quién era yo para meterme en las elecciones de los demás? Pero cómo guardar silencio, si existía el amor y la gratitud para romper el dolor, la enfermedad, el miedo… Una fuerte angustia oprimió mi corazón, me enfadé y ello me tranquilizó.

El cuento de la muchachita lo explicaba, algunas personas no saben qué hacer con la verdad, se enfadan, salen corriendo del lugar para refugiarse de nuevo en el País de la Ilusión, pero incluso después de mucho tiempo no vuelven a ser los mismos.

Pero yo no quería volver a ser la misma. Me tranquilicé de nuevo. Todo es cuestión de actitud, ahora debía digerir este conocimiento y luego aprender a vivir SIENDO.

Eso debo vivir, debo vivir, debo vivir…

—¡Eh, niña!, que ya es hora de regresar. —La lejana la voz de Galpi me recordó que el ritual se había terminado—. Niña, todo empieza y todo acaba. Recuerda, todo empieza y todo acaba. Nick —se dirigió entonces a él—, ya estás mejor, ahora beberás agüita y todo estará bien.

Fue duro tener que romper con mis reflexiones…

Les oía moverse, pero no podía aún tomar conciencia; seguía en mi lucha entre aceptar lo nuevo o volver a lo viejo, y aún no sabía qué era lo que yo deseaba.

«Volver a vivir, todo empieza y todo acaba —pensaba o tal vez decía a media voz—. Debo "aterrizar" esto se acaba. Menos mal, tendré un cuerpo limitado. ¿Y el amor?». Me repetía una y otra vez que debía regresar, tomar conciencia, pero algo no estaba aún terminado. Deonel se dio cuenta y, dirigiéndose a Galpi, le dijo:

—Maestro, ella todavía está en el más allá, al otro lado, yo creo que conectó con la matriz.

Galpi sopló en mi frente y en las fontanelas de mi cabeza y salí disparada en un nuevo vuelo de la ayahuasca. Ahora era la muchachita en el camino de la verdad decidiendo si aceptar el nuevo juego o regresar al País de la Ilusión. Frente a mí apareció un águila de cuello blanco, que me habló:

—Hola, sé lo que te ocurre. Has luchado para llegar aquí toda tu vida y ahora temes no tener más metas. Pues bien, desde ahora la vida es tu vida. Tú marcas el juego y tú te apeas de él. Aparecerán cosas, conflictos, pero ahora serán motivo de regocijo, de aprendizaje real. Serás consciente por primera vez de la verdad del juego y de las trampas del mismo. El camino será el disfrute y no la meta. Agradecerás cada instante de vida y eso te regalará más vida. Has luchado y sufrido mucho para llegar hasta aquí, ahora tú decides.

Miré fijamente al águila y le ofrecí mi mano para que se apoyara en ella.

—Sé que tú eres yo —le dije—, así que juntas daremos el primer paso en el camino de ES.

Y las dos juntas descendimos un hermoso camino con las flores más bellas y perfectas que jamás hubiera visto.

Otro soplido de tabaco de Galpi y abrí los ojos. Todo el dolor adormecido de mi cuerpo se hizo presente de golpe.

—¡Ay, ay! ¿Mi pie!, ¡mi pierna! ¡Ayudadme, necesito levantarme! —me quejaba en voz alta.

—Despacio, señorita, que aún estamos con *mareaciones* —dijo Deonel mientras se reía y me ayudaba a incorporarme; todavía me costaba abrir los ojos y aguantar el equilibrio.

Nick se acercó a mí y me dijo:

—Me siento orgulloso de ti, hoy me demostraste ser un auténtico chamán. Ni has pestañeado, has estado todo el ritual sentada en forma de un gran Buda.

Me reí, no tenía ni idea de cómo le había ido a él, aunque suponía por los vagos recuerdos que muy movido.

—Venga, no será tanto —le comenté—. El truco era sencillo: me quedé clavada, no podía ni guiñar un ojo. Si llego a tener pipí, me meo encima.

Todos estallamos en risas.

El joven Hilario, que había cuidado de Nick, tenía preparadas para nosotros unas cómodas sillas de madera talladas en troncos, además de agua de coco.

Nick no paraba de hablar de la alucinante experiencia vivida, de los colores calidoscópicos, de la Yacumana, del infierno y del cielo que había vivido. Nos abrazó a todos con efusividad.

Galpi se acercó a mí después de haber limpiado sus ojos de las pinturas rituales y de haberse despojado del tocado de plumas. Me miró fijamente a los ojos. Deonel se percató de lo especial del momento, así que mandó callar a Nick.

En los ojos del curandero había escrita la certeza de mi experiencia, en sus ojos en cambio yo vi que él también había experimentado lo mismo tiempo atrás; así que él ya era un chamán, ya poseía el cuarto nivel aunque no hiciera ostentación de ello ante nosotros.

Me abrazó dándome la bienvenida a casa. Y así era, volvía a casa a la Tierra, pero lo hacía consciente de quién era: un ser espiritual intentando vivir la experiencia humana. Deonel se unió a ese abrazo de bienvenida. En sus ojos también descubrí la complicidad.

El joven se dirigió a Nick:

—¿Sabe?, ellos ya lo han recibido. Ya tenían el último nivel. Ella ya es una *macsho*.

Nick entendió que el ritual había sido para mí. En silencio, me abrazó.

—Nick, no sé el tiempo que estaremos juntos, pero ten por seguro que sea el tiempo que sea yo te habré amado y después te seguiré amando. Solo el amor no me permitirá destruirnos atrapando algo muerto en el tiempo.

Le besé, y sé que fue el beso más auténtico que jamás le hubieran dado. Contemplando el cielo en silencio nos pasamos abrazados el resto de la noche. Mi mente seguía sin distinguir entre realidad e irrealidad.

XVI

La confusión

El curandero rebosaba alegría, sentía la felicidad del objetivo conseguido. Yo, en cambio, no tenía ningunas ganas de compartir con nadie mi experiencia de la noche anterior.

Me sentía distorsionada, mis percepciones sensoriales aún no eran todo lo normales que yo deseaba, pero no quería preocupar a Nick ni suscitar ningún comentario que me obligara a hablar del día anterior. No había podido dormir. Mejor dicho, me aterrorizó ir a dormir y volver a retomar mi experiencia, así que acompañé toda la noche a mi eufórico enamorado.

—¡Hola! ¿Cómo pasaron la noche, tortolitos? —preguntó Galpi.

—Bien, las estrellas, el cielo oscuro y la vida de la selva eran un regalo divino. —Nick seguía eufórico—. Este brebaje es una bomba, te atrapa y no te suelta hasta que le da la gana. Además, cuando tú cantabas… ¡Menudo cabronazo! Cuando cantabas, pensaba: «No, no, piedad». —Nick hablaba con todo su cuerpo—. El brebaje volvía a subir y yo intentaba controlar, pero nada. Poco a poco iba normalizándose y cuando creías que ya estaba, que los efectos habían pasado, volvías a cantar o a tocar ese instrumento diabólico… y otra vez; te sentías cogido por los cojones. —Abrazó a Galpi efusivamente, que estaba todavía tan alterado como él, además de *espitoso*. No podía parar de hablar—. Gracias. ¡Qué experiencia, joder! Ha sido lo que he buscado toda mi vida, toda mi vida.

»Ayer vomité todos los recuerdos indigestos, eliminé el mal genio de mi padre al tomar conciencia de que se había reflejado en mí, la parte de víctima heredada de mi madre, y además acepté mis miedos. Pero no terminó aquí, al aceptarlo se hizo ante mí la luz. Sentí, o mejor dicho, viví la armonía. Ahora sé que me queda un largo camino por recorrer, pero también sé que cualquier limitación es vencible. Ayer comprobé que mi frase famosa favorita es una verdad casi matemática. —Se colocó en el centro del campamento muy tieso, pero no contento aún se subió a una piedra y desde lo alto agitó su dedo en el aire, mientras decía—: Einstein dijo que «si buscas resultados distintos, no hagas siempre lo mismo». —Bajó de la piedra y me abrazó, luego abrazó a Galpi, a Deonel y al joven Hilario—. Es así, nosotros somos responsables de lo bueno y de lo malo que nos ocurre. Además, ¿sabéis?, el pasado es cambiable. —Nos miró de hito en hito, intentando descubrir si entendíamos su discurso. No sé qué debió ver en nuestros rostros, ni tan siquiera si quería ver algo, pues prosiguió—: Yo veía el pasado haciendo una interpretación errónea de los hechos. Es cierto que no puedo cambiar quién fue mi padre, pero sí puedo interpretar los hechos desde otra perspectiva, y entonces el pasado cambia, mi presente también, con lo que mi futuro será distinto del que iba a ser.

»Os explico: mi madre interpretó la muerte de mi padre como el resultado del disgusto que yo le había dado por no querer ser clérigo; yo lo entendí como una liberación, al verme conseguir mi objetivo, y mi hermana como una huida de mamá al quedarse solo con ella por mi posible partida al término de mis estudios. Ahora lo cambio: mamá se sentía traicionada por mí y decidió que él también; yo estaba asustado y me sentí libre al morirse él, y mi hermana temía ser abandonada al lado de mamá. ¿Ves?, si lo miro así soy feliz. Hice lo correcto, mi padre murió feliz porque a través de mí se había liberado del yugo familiar y había roto la maldición de tiranía. Con su muerte, mi hermana Annie y yo sacamos el valor de huir. Ahora ya no huiré más, pues sé lo que deseo en mi vida.

Dicho todo esto, se nos quedó mirando, esperando una reacción de complacencia hacia él por nuestra parte, pero tanto Deonel como Galpi y yo misma lo mirábamos atónitos. Bueno, al menos yo seguro que expresaba desconcierto.

Algo incómodo intentó volver a explicar la parte de su vivencia que más le había impactado y que lógicamente necesitaba compartir con nosotros.

—Veréis —prosiguió—, mi abuelo murió un dieciocho de agosto y yo le quería mucho. Unos años más tarde nació mi sobrina Cristine, un dieciocho de agosto.

»Yo tenía un dilema. Siempre que mi sobrina, que era mi ahijada, cumplía años, no sabía si alegrarme por la niña o si entristecerme por la muerte del abuelo. Un día, conversando con Annie, mi hermana, me preguntó:

»"¿Cuándo murió el abuelo?".

»"En agosto", le respondí.

»"¿Qué día?".

»"El día dieciocho".

»Se sorprendió por la coincidencia.

»"Maravilloso", comentó. "Dios nos separó de una persona a la que amábamos mucho y el mismo día nos regaló a otra a la que adoramos… ¿Entendéis? Si reinterpretamos los hechos, cambiamos sus efectos en el presente y entonces mejora nuestro futuro. ¡Es grandioso! ¡Podemos cambiar el pasado!".

Galpi se apiadó de él y de sus esfuerzos por transmitirnos su maravilloso descubrimiento, pero era innegable el contraste entre su euforia y mi mutismo.

—Has entendido una de las lecciones del libre albedrío. La matriz, o Dios, como desees llamarle, nos dio a los humanos algo llamado «libre albedrío», y nosotros lo ejercitamos transmutando nuestras experiencias de dolor en comprensión y aprendizaje. Si no pudiéramos transformar nuestras experiencias y evolucionar a través de ellas, todo sería una trampa. Has conseguido una herramienta poderosa, la capacidad de saber que podemos aprender de todo lo que nos ocurra en la vida.

»Desde hoy has perdido el miedo a experimentar el dolor, pues es una opción del ser humano. El dolor es un enfado no expresado y el enfado es la frustración que sentimos al no poder cambiar a los demás. Así que al aceptar que todo es aprendizaje y cambiable desde dentro de ti, el miedo desaparece y en su lugar entra la gratitud por cada experiencia que la vida nos ofrece de crecer y aprender.

—¡*Uhauuu!* Yo jamás lo habría dicho mejor, y eso que él no sabe… —Nick cortó la frase con su gesto habitual de lanzar el brazo hacia arriba antes de acabarla, pues se dio cuenta de la metedura de pata.

Galpi siguió sin inmutarse por el comentario totalmente fuera de lugar del americano.

—Estás muy callada, deberías compartir con nosotros tu experiencia. ¿No crees, Helen?

—No, no quiero hablar todavía, no puedo —me apresuré a responder.

Temía que llegara este momento, pues no me sentía preparada para contarles nada. Es más, no sabía si deseaba olvidarlo.

—Tal vez poniendo en orden tus ideas en voz alta sepas tomar la decisión adecuada —insistió.

Su voz me sonó manipuladora y coaccionante. Sabía que si me escuchaba a mí misma mientras contaba mi relato ya no podría olvidarlo jamás.

Nick, excitado y descentrado como estaba, ayudó a Galpi con sus meteduras de pata.

—Nena, no es justo. Yo he contado mis conclusiones a pesar de lo esquizoides que pudieran parecer. Venga…

—¿Qué quieres que te cuente? —Me puse agresiva—. Ayer fui Buda, una iluminada. ¿Eso querías oír?

Tapé mi boca, yo también seguía bajo los efectos del brebaje a pesar de las horas que hacía del final del ritual, así que, sin desearlo, había entrado en el juego.

—¡Joder!, ¡menuda paranoia! —exclamó Nick—. Esto tienes que contarlo, no puedes callarte. Me muero de ganas por saber qué es un iluminado.

Arrastrado por su parte infantil, Nick, insistía en conocer mi relato, y yo buscaba una salida pero no la encontraba, así que rompí a llorar bruscamente y me desplomé, quedándome sentada en el suelo.

Sin decir nada, se fueron sentando en forma de U delante de mí, esperando oír mi relato, ajenos a mi llanto y desolación.

—No sé qué contaros —les decía entre pucheros y lágrimas—. No lo entiendo. Solo sé que las palabras no sirven para explicar lo que vi y lo que entendí. Además, es una experiencia que nadie puede entender excepto yo. Bueno, quiero decir que… cada uno puede vivir esta experiencia pero para cada uno será diferente, a su manera, en el lenguaje que cada uno entienda.

—No lo entiendo. —Nick me interrumpió bruscamente—. La verdad es la verdad y solo tiene una forma, si no, no es verdad, es una interpretación.

—¿Ves?, sabía que no debía hablar —protesté—. No estoy preparada, ni sé si es cierto lo que entendí, así que mejor me callo. Ya lo dijo un sabio: «Solo hablan de la verdad los que no la han visto nunca, porque los que la vieron no encuentran palabras que la describan sin empequeñecerla».

—Bien, pero no es justo que guardes en tu corazón un regalo divino, pues ¿de qué sirve el conocimiento si no es compartido? —Galpi medió en la situación tratando que yo pudiera escaparme.

Me sentí herida, pues yo siempre decía que el que no comparte su conocimiento es un fatuo inseguro que teme perder el poder que le otorga ser el que más sabe.

—*Touché!* Pero que este metepatas no me interrumpa.

Hilario y Deonel hicieron un gesto humorístico de cerrarle la boca a Nick, cosiéndosela.

—Ayer reviví lo que debió experimentar Siddharta al iluminarse y convertirse en Buda. Entendí que todo lo que vivimos o llamamos realidad no existe. Ya sé que existen las casas, el suelo, el cielo y los coches, pero no son más que productos de nuestras mentiras. Hemos inventado primero dioses, brujos, sacerdotes, religiones, para intentar encontrar la manera de perder el miedo a la incertidumbre que nos provoca la vida. Llamadle miedo a lo desconocido.

»Luego esas mismas armas contra el miedo se convirtieron en armas de poder y manipulación en manos de los más miedosos de todos, los tiranos. Y nos convertimos en vasallos de clérigos, reyes, nobles o guerreros que nos decían cómo comer, a quién rogar, cómo hacer el amor y nos marcaron normas que al principio nos hacían sentir protegidos. Luego llegaron sus abusos de poder y, poco a poco, ellos creaban más miedo, hasta que se convirtió en tan insoportable que tuvimos que crear nuevos dioses que nos liberaran y transmitieran sensación de seguridad. Apareció la ciencia, los científicos, los banqueros y las grandes urbes. Ellos parecen tener las respuestas ciertas a todo, hasta que otros científicos nos confirman otras veracidades y así, poco a poco, vamos sucumbiendo a otros miedos. Enfermedad, vejez, hipotecas, teléfono, comodidad, tecnología, sociedad de bienestar… Seguimos sin encontrar la solución al origen de todos los demás miedos, "la incertidumbre de la vida".

»Hemos creado tantas limitaciones y creencias falsas sobre nosotros, sobre la verdad, sobre la vida, que nuestra mente ya no sabe diferenciar entre lo real y lo no real. Dios es "mente creadora", y en eso estamos, hechos a su imagen y semejanza, así que si limpiamos las creencias erróneas, el miedo, podríamos SER.

»Si todo es posible, solo hay que estar convencido de ello. Nuestra mente es ilimitada como nuestra vida. Si yo creo una imagen de mí como persona gorda, así terminaré; si la creo de pobre, lo perderé todo; si la creo de afortunada, todos los premios serán míos; si estoy convencida de que jamás estaré enferma porque en mi familia ninguna de las mujeres altas enferma y todas mueren centenarias, así será. ¿Lo entendéis? No sé si puedo expresarlo con claridad. ¡Me asusta!

De nuevo el llanto, pero esta vez sosegado y tranquilo. Miré a Galpi directamente a los ojos.

—¿Cómo podré volver a la universidad? —le pregunté—. ¿Qué voy a contarles a los alumnos? Todo me sonará falso, vacío. ¿Qué sentiré al sentarme en mi coche o al llegar a casa y sentarme frente al televisor?

»Tengo que vivir en el mundo, en un grupo social que sé que vive ciego y autoengañándose. Y como en el cuento, sé que no van a escucharme o que incluso les puede causar más miedo saber que viven en una ilusión permanente. Yo ahora he comprendido que el éxito está en ser capaz de creer en la vida y confiar en que ella siempre apuesta a favor nuestro, así la incertidumbre se convierte en una forma normal de vivir y deja de crearnos ansiedad. Todo lo que ocurra de ahora en adelante sé que está ahí para enseñarme algo. También sé que nada malo puede ocurrirme si yo no lo deseo. Pero no me consuela. En este momento estoy más confundida que nunca. No considero que sea justo que yo pueda salir del País de la Ilusión, pero que los amigos, los padres y todos los demás no sepan o no puedan. ¿Cómo se vive con esta impotencia? ¿Cómo, Galpi?, ¿cómo vives tú con ello? Ayer vi tus ojos, tú conocías la verdad como el águila de mi viaje. ¿Por qué no me preparaste para esto?

Galpi miró a Deonel, a Hilario y a Nick, y luego directamente a mis ojos. Los sentí penetrando en cada fibra de mi ser, amorosos, tiernos, como era mi amigo del Valle Sagrado en mi infancia.

—Mira, mi niña, hice ayer lo que hice porque creí que era lo correcto. En una época eran necesarios los avatares como Krishna, Buda o Cristo, héroes más allá incluso de la realidad que dejaron pistas de cómo debíamos mirar a Dios y buscar la liberación. Más tarde, con religiones, pervirtieron «la idea» que habían sembrado estos maestros, y ahora deben aparecer nuevos iluminados, sin misiones especiales ni sacrificios por la humanidad, avatares anónimos que aprendan a vivir en presente continuo, simplemente SIENDO. Ha llegado ya el nuevo tiempo y vamos retrasados.

El curandero besó mi frente y me abrazó con la ternura que siempre soñé recibir de mi padre. Me sentí feliz…

—¡Vaya putada! —exclamó de pronto Nick—. Nunca hubiera imaginado que la iluminación lo mandara todo, pero todo, a la mierda. Me cuesta pensar cómo viviría yo después de una revelación así. —Guardó silencio durante unos segundos, durante los que se mostró cabizbajo y yo fui acercándome a él—. ¿Cómo queda ahora lo nuestro? —preguntó de pronto al sentir mi cuerpo cerca del suyo.

Sorprendida por su pregunta, respondí sin pensar:

—No lo sé. No sé ni quién soy ahora.

Se separó bruscamente de mí comenzando a caminar hacia la espesura de la selva.

—¡Nick, espera! ¿Dónde vas? —le grité intentando alcanzarle.

—Creo que debemos dejarle aterrizar del vuelo solo —dijo Deonel mientras me retenía cogiéndome del brazo—. Pensará mejor y… no sufras, no puede irse muy lejos.

Galpi me guiñó un ojo.

—Le das miedo, pero también le da miedo quedarse sin ti por no estar a tu altura, y él ahora está convencido de que estás demasiado «alto». Quiero que comas abundantemente, que te duches y duermas el resto del día. Debes prepararte para la última parte del ritual.

Estaba cansada y hambrienta, así que decidí obedecerle. Tomé la dieta de pollo y fruta y utilicé la divertida ducha; fue todo un placer regarme con el agua dulce de la lluvia tropical. Sequé y peiné mi pelo, me unté con repelente y me acosté. Debí quedar dormida de inmediato, ya que no oí nada más hasta que Deonel me despertó dulcemente por la noche.

—Señorita, señorita, es hora ya.

—¿Qué hora es? —le pregunté desorientada.

—Es oscuro. Galpi lo tiene todo dispuesto.

No me apetecía repetir el mareo, las arcadas y las molestas sensaciones que producían los brebajes de ayahuasca, pero sabía que si el curandero consideraba imprescindible el segundo ritual, por algo sería. Así que me puse las botas, me peiné y recogí el pelo, rocié mis manos, mi ropa y mi pelo con repelente y salí de la choza.

Nick estaba ocupando mi lugar de la noche anterior en el círculo. Galpi seguía en el círculo y para mí habían dispuesto el sitio que ocupó Nick. Me alegré, pensé que la posición en el círculo debía influir en la experiencia. Con amor, le deseé lo mejor. Solemne, ataviado y pintado como la tradición le había enseñado, se dispuso a darnos la planta.

Entendí lo importante que era el ritual, ya que estaba pensado para dirigir nuestra mente en las direcciones correctas, para no dejarla divagar ni huir de lo que el iniciado debía encontrar. Así que aparté la desgana en bien mío. Cuantas menos resistencias pusiera, más fluiría con el ritual y más agradable sería.

El chamán nos habló con el corazón:

—Para ti la dulce copa de la sabiduría, que el elixir te enseñe a ser «Uno» con todo permanentemente. Para que hoy la dama ayahuasca y tú os caséis y no la vuelvas a necesitar tomar jamás. Que puedas llamarla y vivirla con solo recordar su canción.

Le dio el coquito con el brebaje gomoso a Deonel para que me lo entregara. Agradecida por su petición, sabiendo que con ella preparaba a mi subconsciente para que así fuera, tomé la ayahuasca después de hablarle, pidiéndole lo mismo.

—Que me enseñes a sentirme unida y en equilibrio con todo y con todos. También permíteme que a partir de ahora pueda sentirte y recibir tu ayuda sin necesidad de beberte, solo llamándote de corazón, cantando tu hermosa canción.

Lo dije en voz alta para oírme a mí misma tomando conciencia de lo que hacía. Luego la bebí, esta vez me supo agradable, como si se tratara de un vino dulce. Devolví a Deonel el coquito y él se lo entregó a Galpi, que volvió a llenarlo, dirigiendo esta vez sus peticiones a Nick.

—Para ti, «hombre valiente», te deseo el encuentro con el amor, con la gratitud y la alegría. Que este bautizo con la dama ayahuasca te sirva para amar sin reservas y dar sin condiciones.

Le entregó el recipiente a Deonel, que a su vez se lo entregó a Nick. Este lo cogió respetuosamente y lo apoyó en su corazón. Pasados unos breves instantes de recogimiento, se la bebió lentamente. Su cara reflejó asco y su cuerpo se estremeció. Devolvió el coquito a Deonel y este lo dejó frente a Galpi, junto a la pequeña botella de cerveza que contenía la ayahuasca. Se sentó a su lado. A diferencia de los otros rituales, nadie se sentó a nuestro lado a cuidarnos.

Sentí rápidamente los primeros síntomas, taquicardias, sudoración en mis manos y mareo, pero me tranquilicé a mí misma, sabía que si no me angustiaba pasaría rápido. Pedí permiso para estirarme en el suelo. Galpi me autorizó a hacerlo.

Nada más apoyar mi espalda en el suelo recuperé la tranquilidad y los síntomas desaparecieron. Estuve así un ratito hasta sentirme totalmente recuperada. Ante mí se crearon curiosas visiones, dragones de dos cabezas, espadas medievales, caballeros en lucha, druidas, menhires… Merlín.

Me senté, las visiones me agobiaban bastante, no entendía qué significaban, así que abrí los ojos. A pesar de la oscuridad de la noche, se veía bien, la Luna nos iluminaba como un farol en el cielo.

De repente sentí cómo mis manos se fundían en el interior de la Tierra. Miré mis dedos, estaban apoyados encima del suelo, pero en cambio tenía la sensación de fundirme con el suelo. También mi cuerpo comenzó a diluirse en el aire.

Creía estar en fusión continua con todo, como si el aire que me envolvía fuera gelatina en la que yo fluía entrando y saliendo. Esa gelatina nos contenía a todos y nos movía a todos en resonancia a nuestros actos. Sentí la convicción de que podría atravesar muros, ir hacia el interior de la Tierra o introducir mi mano en el interior del cuerpo de cualquiera de ellos.

Miraba las plantas y los árboles, los veía vivos, los sentía vivos, jamás había percibido la vida en la naturaleza de una forma tan intensa. Yo era parte de todo y todo formaba parte de mí, y con la claridad mental que uno tiene bajo los efectos de los psicoactivos entendí que eso significaba SER.

Me sentí feliz, Galpi me había regalado lo que iba buscando desde niña, tener la capacidad de vivir en un presente continuo con la intensidad de saberse vivo. Cerré los ojos, me estiré de nuevo en el suelo y escuché la canción de la ayahuasca para que quedara grabada en mi memoria.

«Ayahuasca curación, ayahuasca medicina…».

XVII

El otorongo

La luz del sol me despertó. Miré a mi alrededor sobresaltada, lo último que recordaba eran las visiones del ritual. No había ni rastro del grupo, estaba sola en el círculo. Al levantarme, observé que tampoco había movimiento en la cabaña. Asustada, me dirigí al interior de la choza esperando verles dormir. Nadie. Me repetía una y otra vez que todo estaba bien, que todo era una broma o una prueba. Eso debía ser, una prueba de Galpi.

Deduje que debía haberme quedado dormida observando mis visiones y que ahora me estaban poniendo a prueba, así que decidí ducharme, cambiarme de ropa y desayunar. A medida que iba pasando el rato e iba cumpliendo con mis propósitos, la inquietud se apoderaba de nuevo de mi corazón.

Me asaltó la ansiedad desayunando. Respiré profundamente y me pregunté: ¿qué se supone que debo hacer ahora? No hay señales del ataque de un animal, y tampoco de lucha. Hay comida y agua y los enseres personales de todos. Está claro que han ido a algún lugar del Corazón Verde, como llama a este lugar Galpi, y que me han dejado descansar, así que no debo moverme de aquí, ya regresarán. Me acomodé y escribí en mi diario todo lo vivido, intentando ponerlo en orden para entenderlo mejor o al menos no olvidarlo pasado el tiempo.

Unos ruidos de pasos, mezclados con unos desconocidos bufidos, me alertaron. No sabía reconocerlos exactamente, pero algo en mi interior me indicó que eran de un otorongo. Y estaba en lo cierto. Desde una de las ventanas lo vi. Era un ejemplar adulto y estaba oliendo nuestro rastro. Me despojé de toda la ropa sin hacer movimientos bruscos ni ruido, tal y como me habían explicado en los cursos de supervivencia. Intenté pensar con qué podría defenderme si me atacaba. Salí de la cabaña buscando una escapatoria. Todo ocurrió rápidamente, el animal se posicionó defensivamente frente a mí. Me crispé y los dos danzamos, reconociéndonos mutuamente.

Me di cuenta del miedo que él sentía ante mí. No reconocía mi olor, ya que sin la ropa, no olía a humano, ni me identificaba como presa ni como depredador. Mi corazón sintió un gran amor por el animal. Admiré la belleza de su piel dorada con manchas marrones, lo esbelto y rápido que era en sus movimientos. Sus ojos impresionaban, intentaba penetrar en mí para saber lo que debía hacer. Yo bajé mi rostro a la altura del suyo y le miré a los ojos.

—No me tengas miedo, amiguito —le hablé dulcemente—. Eres bello, eres hermoso, eres perfecto, eres vida. Guíame allá donde está Galpi.

El felino pareció entenderme, retrocedió dudando unos instantes y escogió dirigirse hacia un entrante en la espesura de la selva. Yo le seguí sin movimientos rápidos e intentando borrar toda señal de miedo o duda en mí. Varias veces se paró para comprobar que le seguía; miraba, corría y esperaba. Yo iba adentrándome en el Corazón Verde detrás de él. Desnuda, sin ropa interior, solo con zapatillas, iba caminando tras el otorongo sin hacerme un solo rasguño y sin ser molestada por los insectos, y fui entendiendo que algo había cambiado en mí.

El animal se paró, rugió un par de veces y entendí que se despedía. Le dije adiós atreviéndome a tocarle la cola y el lomo. Rugió y salió corriendo, desapareciendo entre la maleza.

Seguí el camino que me había indicado el otorongo. Al instante oí risas y agua en movimiento. Ante mis ojos apareció el paraíso. Una hermosa caída de agua cristalina se convertía en un pequeño lago que después era engullido por la tierra; supuse que se transformaba en un río subterráneo. Alrededor del lago había una intensa vegetación verde, altos árboles, orquídeas y flores que jamás antes había visto.

Nick, Deonel, Galpi e Hilario estaban jugando en el lugar. Estuve un largo rato observándoles, intentando decidir si retrocedía al campamento o si, a pesar de mi desnudez, me incorporaba al grupo. Al fin me decidí a dirigirme al agua, esperando no ser vista. Lo logré, entré en el agua. Si me agachaba, cubría todo mi cuerpo.

—Ten cuidado, hay unos pececillos que disfrutan introduciéndose por los agujeros. —La voz de Nick me sobresaltó—. Lo malo es que, al intentar salir, despliegan unas afiladas espinas que tienen en el lomo.

—Muy gracioso, pero no puedo salir —repliqué en tono irónico.

—Si has entrado, puedes salir. Venga, sal, que no es broma lo de los pececitos.

Vino hacia mí tendiéndome la mano. Salí del agua muerta de vergüenza.

—¿Y tu ropa? —preguntó sintiéndose tan avergonzado como yo.

—En el campamento. Es una locura, lo sé, pero está allí.

Se quitó su camiseta y me la dio, contemplándome entre avergonzado y divertido.

Entonces Deonel, riendo, le dijo a Galpi:

—El otorongo la ha traído hasta aquí, así que es la *macsho*. Ha ocurrido como tú esperabas. Je, je, está desnuda.

Sentía la naturaleza desbordarse en mi interior de forma salvaje. Los ojos de Nick me atraían con magnetismo. Mi cuerpo se erizó, mis aletas nasales se dilataron movidas por el deseo. Nick fue embriagándose de mi pasión, dejándose descontrolar. Nuestros cuerpos quedaron pegados, el calor exterior quedaba apagado por el volcán de nuestra sensualidad. Con un gesto, Galpi ordenó a los muchachos dejarnos solos en el lugar.

Nick y yo, borrachos de deseo, nos olvidamos de ellos y nos fuimos dejando arrastrar por la sensualidad. Nick me besó como jamás había sido capaz de hacerlo, con deseo, con salvajismo, mientras mis manos acariciaban cada rincón de su piel, luchando por terminar de desnudarle.

La fuerza del lugar nos volvió primitivos, haciéndonos experimentar el placer con una intensidad salvaje y ancestral. Sus labios recorriendo mi cuerpo sin pudor ni límites, dejándome invadir, tomando conciencia solo del deseo, y así unidos los dos llegamos a la máxima expresión, al goce completo, lo que convirtió el momento en mágico, divino y extático.

Una vez consumido el fuego, los rescoldos de la hoguera hicieron que nos mantuviéramos abrazados largo rato, mirándonos a los ojos, amándonos con un sentimiento tan fuerte que los dos supimos que jamás olvidaríamos ese instante en nuestra vida, aunque esta discurriera por caminos diferentes.

—Ahora sé que te amo. No sé cuánto tiempo estaremos juntos, pero no me importa. Yo ahora sé que tú necesitas un amor más maduro que ya esté de vuelta de cosas de las que yo aún no lo estoy. Necesitas a alguien que te dé hijos y desee formar una pareja estable y yo aún tengo que aprender, viajar y quemar etapas hasta establecerme y tener hijos. Pero el tiempo que los dos seamos felices juntos será para mí un regalo que jamás podré olvidar. ¡Te quiero, Nick!

Él me abrazó, obligándome a callar. Me besó de nuevo y ello hizo renacer el deseo y encendi otra vez el fuego, consumiéndonos en él. Cansados y profundamente compenetrados, decidimos regresar al campamento.

—Va a oscurecer pronto, creo que deberíamos regresar. Galpi ha tenido el buen gusto de dejarnos solos, pero yo no recuerdo el camino. ¿Y tú?

Nick se sintió desconcertado, nuestra locura amatoria nos hacía responsables de haber perdido a nuestros guías.

—Creo que tendríamos que esperar a un otorongo hambriento para seguirlo —le dije muy seria, y no pude contener las carcajadas al ver su cara de miedo. Le cogí de la mano dispuesta a guiarle de regreso—. Sígueme, recuerdo el camino. Solo hay que conectar nuestro corazón con el del lugar y regresaremos al campamento.

—Bien, seguiremos al corazón. Pero recuerdas el camino, ¿verdad? —me preguntó Nick algo angustiado.

—Sí, mi corazón, sígueme y calla.

Era un poco molesto ir solamente vestida con una camiseta, pero intenté sobreponerme y buscar dentro de mí la sensación de comunión con el lugar. Unos segundos después caminaba con total seguridad eligiendo sin dudar los distintos caminos que iban apareciendo delante de nosotros. Por fin llegamos al campamento justo a tiempo; unos minutos después, oscureció.

Deonel había recogido mi ropa y la ordenó en la cabaña, así que pude vestirme. Mientras lo hacía me inundó una gran tristeza, me dejé caer de rodillas en el suelo al tiempo que las lágrimas brotaban de mis ojos a borbotones. Los hombres respetaron mi llanto e incluso indicaron a Nick que saliera de la cabaña.

En soledad lloré toda la pena que había acumulado en mi corazón durante mi corta vida, después lloré por mi familia y la dureza de su vida. También lloré por los seres humanos, su dolor y su ceguera.

Mis lágrimas se secaron y una ola de gratitud me invadió, me sentí agradecida por el simple hecho de estar viva, me sentí agradecida por la vida que me había tocado vivir y la suerte que tenía por haber entendido algo más de las reglas del Universo. Terminé de vestirme, me peiné y salí.

Los hombres estaban cenando. Galpi hablaba con Nick practicando el espanglish. Nick me tendió su mano para que me sentara al lado de él. Deonel me acercó el plato con la cena: fruta fresca y un mate de coca sin azúcar.

—¿De qué os reís? —pregunté.

—Del mal español que habla él —dijo Deonel señalando a Nick.

—Del mal inglés de Galpi —replicó Nick.

Todos juntos nos reímos, pues ambos tenían razón.

El resto de la noche transcurrió animada entre bromas y anécdotas vividas por los curanderos a lo largo de sus vidas y viajes. El cansancio nos pasó factura, así que decidimos ir a descansar pronto. Yo me alegré de que en ningún momento me pidieran explicaciones por mi extraño comportamiento, ni tampoco hicieran comentarios sobre las visiones de la noche anterior.

—Debemos descansar esta noche, mañana regresaremos al poblado. Los otros componentes del grupo, con Imahero, habrán regresado seguramente esta noche y mañana harán muchas preguntas sobre nuestra ausencia.

Obedecimos sin rechistar, estábamos realmente cansados, aunque la idea de regresar y reunirnos con el resto del grupo no era precisamente alentadora.

Al día siguiente nos levantamos antes de salir el Sol. Hilario y Deonel recogieron todos los enseres y enterraron los desechos que habíamos generado en nuestra estancia, borrando así cualquier indicio de nuestra presencia en el Corazón Verde.

Desandamos el camino regresando al cauce del río, donde subimos de nuevo a la lancha.

Aquella mañana no teníamos muchas ganas de hablar. Nick estaba malhumorado, la idea de regresar y encontrarse con el grupo no le apetecía. Tampoco sabía qué decidiría hacer yo con nuestra relación una vez de regreso en el poblado.

Yo, por mi parte, tenía un caos mental, quería pensar en mi vida, en cómo organizarla y en cómo encajar a Nick en ella. Tampoco me apetecía reencontrarlos y mucho menos seguir allí con ellos o desplazarme por la selva en busca de más tribus y conocimientos, pero por otro lado no sabía si realmente eso era lo que debía hacer: continuar viajando y aprendiendo aún más cosas. Llevaba veinte años buscando y en eso había canalizado mi energía, ahora había encontrado y a cambio me había quedado sin metas.

Necesitaba tiempo para poner en orden mis pensamientos y encontrar otras metas o entender la vida sin ellas.

Metida en mis dudas y ya de regreso al poblado, había olvidado mirar el paisaje que nos rodeaba, tal como Galpi nos ordenó durante el viaje de ida. Su voz me sacó de mi aislamiento.

—Una moneda por tus pensamientos.

—Poco pagarías si vieras lo embrollados que están —respondí a la defensiva.

—Esta será nuestra última charla en mucho tiempo. Debéis volver al poblado para regresar ya a Estados Unidos. Imahero ha dado a Goldman lo que iba buscando, también a vuestros reporteros. Les ha llevado a una zona selvática llena de plantas mágicas, les ha contado cómo preparar medicinas y los brebajes del yague. —Nos guiñó un ojo y matizó—: Bueno, lo que deben saber de cómo hacer un yague para blancos. También les preparó rituales con indígenas antropófagos que habrán filmado, así que ya tienen lo que venían buscando. Vosotros también, es tiempo de que regreséis a casa —terminó diciendo, y se hizo un breve silencio. Tras él, continuó—: Nosotros nos encontraremos de nuevo, pero entonces vosotros me enseñaréis cosas a mí y yo creceré también gracias a vuestro progreso. Estamos unidos por el corazón en la red del tiempo del Universo y eso es inalterable.

—Pero yo no sé dónde estoy —le interrumpí—. ¿Cómo puedo volver a casa?, a unas normas sociales en las que no creo, a una medicina a la que considero equivocada, a vivir en una incoherencia permanente. ¿Para qué? Una ciudad es el reflejo de los miedos humanos. ¿Esto es lo que yo iba buscando?

—Si no regresas a tu mundo, no podrás terminar tu aprendizaje. ¿De qué te sirve salir de tu País de la Ilusión si no eres capaz de vivir con la verdad en tu propio mundo? ¡Vaya pérdida de conocimiento! —me respondió algo enfadado.

Nick, que no había dicho nada en todo el tiempo, rompió su silencio.

—Pienso que no eres justo con ella. Si el libre albedrío existe y es esencia del hombre, ella debe usarlo. Ni tú, ni yo, ni la humanidad puede exigirle que comparta nada si no se siente preparada para ello. Yo he ido mucho tiempo detrás de una experiencia mística, siempre soñé poder hablar cara a cara con Dios, pero ahora me doy cuenta de que no estoy preparado para ver ni oír la verdad. Es muy duro pensar que todo lo que nos parece sólido y cierto no lo es y al mismo tiempo lo es. La sociedad que hemos inventado existe, pero es un sueño, una irrealidad. Yo no sé si podría vivir con esa paranoia.

Me dolió oír la palabra «paranoia». Me replegué corporalmente, sentí cómo me encogía al abrazarme a mí misma. El chamán se dio cuenta de que Nick había metido el dedo en la llaga.

—Mi niña, ya sé que tu parte lógica está aterrorizada —la voz del chamán se tornó dulce y reposada—; compartir tu experiencia y tus vivencias ahora es prácticamente imposible. Las caras de los demás, las dudas o los miedos que moverían tus visiones provocarían su rechazo hacia ti y terminarías creyendo que estás loca, paranoica.

Levanté mi cabeza para mirarle, las lágrimas corrían como un río silencioso.

Galpi prosiguió su monólogo.

—Debes volver a tu mundo cotidiano y observar a las personas, vivir con ellas y dejar que tus experiencias arraiguen fuerte en ti. Entones se cerrará el aprendizaje, y solo entonces habrás aprendido a SER y a vivir SIENDO.

»Pero recuerda, los indígenas tienen cosas mejores en las que perder el tiempo, por ejemplo «cómo sobrevivir», en lugar de enseñar a los blancos, de modo que si a ti te han ido apareciendo maestros por algo será. Piensa en tu don especial, la palabra, la comprensión y la convicción, y luego decide si tu aprendizaje muere contigo o lo legas.

No tenía ganas de hablar ni de escuchar, solo deseaba aislarme en mí. Sequé mis lágrimas y guardé silencio. Nick me cogió por la cintura. Me incomodaron su abrazo y sus palabras.

—Ahora no has de decidir nada. Tienes todo el tiempo del mundo para hacer lo que sea correcto. No aceptes presiones de nadie, yo te apoyo y te querré igual decidas lo que decidas.

Él esperaba un gesto de aprobación por mi parte, pero lo único que recibió fue silencio y que me levantara del sitio donde estaba sentada. Al cambiar de asiento, me sentí liberada, les daba la espalda y eso me producía una placentera sensación de aislamiento.

Oía a los hombres hablar entre ellos, pero era como una conversación lejana. No me interesaba nada de lo que pudieran decir, aunque sabía que el centro de su conversación en algunos momentos seguía siendo yo.

La contemplación de la naturaleza me relajó, mis pensamientos fueron ordenándose algo más. Poco a poco iba teniendo más claro que lo que nosotros llamábamos «Dios» era una frecuencia, un pulso creador que a través de las experiencias de todo lo creado iba conociéndose a sí mismo. Entendí por qué las tradiciones orientales hablaban de buscar dentro y que los indígenas le vieran en todo lo creado; también que Occidente le buscara fuera. Cada cultura tenía un trozo de totalidad. Los límites nos eran necesarios, pues el cuerpo era un modo de límite, marcaba la individualidad, así que nuestro cerebro necesitaba de los límites para entenderse a sí mismo.

El miedo nos ayudaba a la conservación de la especie, pero también marcaba la sensación de la ausencia del amor. De pronto entendí lo que debía querer decirnos la expulsión de Adán y Eva del Paraíso. Debimos crear ese mito para describir la desolación que sentíamos al dejar la morada en la que solo éramos energía y nos acoplábamos al que sería nuestro cuerpo físico; la expulsión del nido, del amor, para ingresar en la incertidumbre. Pasamos de la unión a la unidad. Mi mente recorrió las teorías matemáticas de la mística. A medida que iba recopilando mis aprendizajes intelectuales anteriores, más iba penetrando en la comprensión de mi vivencia. La paz y la armonía se fueron apoderando de mí.

Estábamos llegando al poblado, cuando entendí que mis esfuerzos debían ir encaminados a saber SER, en cualquier situación o lugar en que me encontrara.

Daba gracias por haber conectado con la sabiduría. Ahora debía fomentar en mí la capacidad de SER, de estar permanentemente unida a esa frecuencia de la que todo y todos procedíamos, sin dejar que los autoengaños rompieran esa armonía. Era reaprender a vivir.

Habían pasado las casi cinco horas de viaje, cuando me integré de nuevo en el grupo, sentándome junto a Nick.

—Creo que debo daros las gracias a todos por lo que me habéis obsequiado. Quiero también pediros perdón por mis actitudes, siempre habéis sido mis amigos y yo a veces os he visto como enemigos, y no era cierto.

Miré a Nick, sentí su angustia por lo que no se atrevía a preguntar en voz alta. Besé su boca y coloqué su brazo alrededor de mi cintura.

La llegada al poblado fue caótica, pues el resto del grupo esperaba nuestro regreso con impaciencia y curiosidad.

XVIII
La decisión de Nick

Goldman buscó a Nick para apartarlo del grupo, pues deseaba convencerle de la necesidad de dar por terminada nuestra estancia en la selva por el bien de la expedición. John tenía síntomas de una ligera depresión, y la estancia en el interior de la selva les había facilitado casi todo el material necesario para poder realizar un estudio serio y científico, pero ahora se requerían recursos más técnicos, laboratorios, estadísticas, revisión de datos y protocolos de comprobación de los efectos de la ayahuasca. ¿Medicina o placebo?

Desde el principio, Nick reconoció en los argumentos de Goldman el engaño. Este creía haber encontrado lo que iba buscando y si seguíamos todos juntos se vería obligado a compartir su descubrimiento y sus conjeturas. Entonces, marchándonos él enfocaría la investigación conjunta y aprovechando el anonimato de su laboratorio desarrollaría la investigación que le lanzaría al reconocimiento y a la fama.

Goldman continuó hablándole:

—Creo que en la universidad podrás ver el resto de lo grabado y sacar tus conclusiones antropológicas. Todas las tribus tienen los mismos comportamientos tribales, poco difieren las unas de las otras. Lo habréis comprobado en la que vosotros habéis estado.

Nick se sonrió divertido, intuyó claramente el miedo del botánico a perder su exclusividad. La poca diplomacia que le solía caracterizar se hizo aún más evidente en su intento de averiguar lo que habíamos estado haciendo nosotros.

—No hemos podido comprobarlo ya que hemos estado en un centro sagrado abandonado —respondió Nick a Goldman, haciéndose el despreocupado, e interrumpió la conversación llamando a Martin y Charlie—: ¡Eh, amigos! Por lo que oigo, ha sido interesante lo que habéis filmado.

—Algo más que eso —contestó Martin.

—Hemos grabado una ceremonia —añadió Charlie—. *¡Puaf!* ¡No veas qué asco el olor de la olla y ver cómo se iba reduciendo una cabeza humana!

Nick huyó de Goldman, charlando amigablemente con los cámaras. El resto del día fue como un extraño juego del gato y el ratón, Nick y yo intentando esquivar a Goldman y al mismo tiempo evitando quedarnos solos.

Por la noche nos encontramos todos en la cabaña, era obligado reunirnos y clarificar ideas. Charlie y Martin recopilaron la lista del material grabado hasta aquel momento. La llegada, el río, la convivencia, varios rituales de curación, las plantas, sus utilizaciones y forma de cosechar, el espectáculo y el peligro. Por lo que a ellos dos les concernía, ya tenían todo lo que necesitaban para dar un buen producto en televisión y el excedente de material necesario para los científicos.

Yo entregué mi recopilación de datos sobre los efectos observados en los rituales, tanto en los participantes como en el chamán. Ahora quedaba lo más complejo, la recapitulación y las conclusiones a través de mis notas y las estadísticas.

Goldman, inquisitivo, me preguntó:

—¿Tus conclusiones serán positivas al uso médico y psiquiátrico de la ayahuasca? Ellos han hecho un buen trabajo —dijo señalando a Charlie y Martin— y John ha sabido darle un enfoque neutro pero tendenciosamente positivo ante las cámaras, para que el público pierda el miedo y sepa diferenciar las drogas de lo que es un psicoactivo.

No me apetecía entrar en dialécticas morales y de manipulación informativa, así que intenté no alargar la situación, pero tampoco deseaba definirme claramente.

—Estoy en este equipo científico porque creo en el poder de la naturaleza y en la esperanza de volver a recuperar nuestra unión con ella —comenté—. Pero hasta que no regresemos, no puedo dar coherencia a mis notas.

John, aliviado porque al fin todos parecíamos tener deseos de regresar a casa, no pudo contener su alegría y, temiendo que Nick no apoyara la idea, se dirigió a él.

—Menos mal, una ducha, una cama, sin mosquitos, un restaurante, un tinte de pelo… Por favor, Nick, también tú necesitas poner en orden tu material científico. Con los adelantos tecnológicos que hay en tu universidad… ¡Ya basta de esta mierda!

El pobre locutor estaba al borde del colapso, necesitaba de aquellas filmaciones para recuperar su cotización en televisión, si no ya habría dejado el proyecto. Seguía vacío, solo era fachada. No había disfrutado ni un solo instante de nada, regresaba tan frívolo como había llegado el primer día.

Nick titubeó, no deseaba regresar aún, tenía miedo de olvidar todo lo vivido al entrar en contacto con la civilización y encerrarse de nuevo en su caparazón.

—No, yo no voy a regresar todavía. —Antes de que todos protestáramos agitó en alto sus manos para que guardásemos silencio—. Te daré toda mi documentación, dibujos, fotografías y conclusiones a ti —señaló a Goldman—, para que lo adjuntes al material de Helen y al tuyo. Pienso que vuestras investigaciones son las más importantes en este estudio. Mis recapitulaciones son solo apoyos y justificaciones para sugerir una vuelta a la cultura de la Madre Tierra y sus usos medicinales. Mañana tendré el resumen de mis conclusiones y las características de la organización tribal de los shipibo.

En el rostro del botánico se reflejó la satisfacción. Él asumía por primera vez el control real del estudio científico y con la decisión de Nick de apearse de la investigación, cediéndonos a él y a mí el trabajo, tenía claro lo fácil que le iba a ser robarme el protagonismo. En los ámbitos académicos yo era una novata y él un científico experimentado. Además, tenía el apoyo incondicional de los periodistas, así que a través de ellos esperaba controlar los medios de información a favor de sus descubrimientos.

John suspiró aliviado al oír a Goldman ratificar nuestra marcha del lugar.

—Bien, Nick, si mañana nos pasas tus trabajos de campo y tus conclusiones, no hay objeción a que te quedes. Tenemos entero el día de mañana para arreglarlo todo y recoger el equipo para marcharnos, es muy importante que empaquetemos bien el material filmado y las muestras recogidas.

Todos dimos por entendido que la reunión se daba por concluida, así que cada uno se dispersó en distintas actividades; unos comenzaron a recoger sus bultos, John se lavó los dientes y Nick se refugió de mí, acostándose.

Yo salí desorientada en busca de Imahero. Al llegar frente a su cabaña me sentí avergonzada, así que titubeé ante su puerta, pensando si debía entrar o no a molestarla. Ya había decidido regresar junto al grupo cuando su voz me llamó.

—¡Hola, *macsho*! Mi yerno me ha contado que has pasado con éxito la iniciación, así que felicidades. Ya le dije que no se equivocaba contigo, mi amor. —Me miró detenidamente y me cogió la mano, indicándome que me sentara en el piso de la cabaña. Añadió—: No veo felicidad en tu rostro, eso debe ser por el hombre blanco. Aún no te has acostumbrado a jugar con las nuevas reglas y supongo que por eso dudas.

—No sé qué deseo en este momento —respondí sin pensar—. Sé que mi mente está llena de limitaciones y que soy yo quien debe ir limpiándolas poco a poco. Así que si le tengo miedo a la decisión de Nick de quedarse aquí es por inseguridad mía. La verdad es que si le amo debería sentirme feliz por su felicidad, y que mi disgusto es solo culpa mía por no cumplir él con mi expectativa de desear comenzar conmigo una vida nueva en Columbia. Pero no sé qué debo hacer.

La anciana sonrió y acarició mi pelo.

—Debes hacer lo correcto, nada más que eso. ¡Menuda vaina! —exclamó la anciana—. Solo lo correcto.

—En este momento me debato entre lo que quiero y lo que se supone que debería hacer —insistí.

—¿Qué es lo correcto? —me preguntó en tono cansino.

—Irme a casa y esperar a que él regrese cuando esté preparado. Pero irme feliz sin hacerle sentir mal por su decisión —respondí notando cómo la convicción iba creciendo en mis palabras.

—¿Ves qué fácil es hacer lo correcto? Vamos, debes tomar nota del último cuento que vas a escribir y que ahora te voy a contar.

Entré en casa con ella. Ya tenía mi libreta y los bolígrafos preparados en el suelo de la cabaña: la curandera esperaba mi visita.

—Escribe, es la historia de la Dama Azul. —Y comenzó a narrarme—: El Chulla-Chaqui, ese extraño hombrecillo que tiene los ojos de víbora, la mandíbula desencajada y que anda dando brincos al son de un tambor para disimular que tiene una pierna más corta que la otra, entró una madrugada en el poblado fumando un *siricaypi*[23] y echó un maleficio sobre todas las mujeres. Al despertar, todos corrieron a buscar al curandero, pues

---

23 Cigarrillo de fabricación casera.

sus esposas e hijas agonizaban. Caru y su hijo Paedana también fueron al lado del curandero, pues el niño decía haber visto al Chulla-Chaqui lanzando el humo del tabaco mientras lanzaba una maldición, encima de cada una de las chozas. El curandero temió lo peor, pues su esposa, sabia conocedora de los mitos, también había enfermado. Fue ella, la primera Imahero, quien llamó aturdida al curandero, y le dijo:

»"Si Chulla-Chaqui nos ha maldecido, debes salir a la selva a buscar al espíritu de la curación, solo el espíritu de las plantas podrá darte el remedio. Coge mi caldero, tu machete y un *siricaypi*. Donde tu corazón te detenga, fuma y pídele al espíritu una visión en la que te diga cómo romper este hechizo. ¡Sal! Corre o será tarde".

»Por el cansancio de la plática, la mujer se desvaneció.

Me di cuenta de que había olvidado mi dilema, que era capaz de disfrutar del relato de la anciana curandera y que incluso me encantaban sus palabras hispanas «plática» y «desvaneció», en lugar de las más correctas que serían «hablar» y «desmayó». Decidí que así las dejaría en el cuento, tenía más esencia aunque le faltara purismo idiomático. «Vaina» es como traducir lo intraducible, la palabra que se puede utilizar para todo, la única palabra que todos en el grupo decían y entendían; para ellos «vaina» era igual a «castellano».

El relato era inocente, como todos, pero lleno de memoria colectiva, pues me hablaba de la procedencia de Imahero. Me gustó que me lo contara como broche de despedida.

—Dakira, el esposo de Imahero —continuó la anciana—, cogió las vainas y se marchó al interior de la selva acompañado del niño Paedana. Caminaron muchas horas hasta que el niño cayó cansado al suelo.

»"Mis pies se pegan a la tierra, creo que salen raíces de ellos", dijo Paedana asustado ante el prodigio.

»"Aquí debo fumar, esto es una señal", entendió Dakira.

»Así que fumó su *siricaypi* con ceremonial devoción. Invocó al espíritu de la curación y oró, oró desde el corazón.

»Detrás de él un árbol de chacruna se movió, agitando sus hojas verde esmeralda, verde como el amor, verde como la curación. El curandero, gran curandero aunque él lo desconociera, entendió la señal y comenzó a recolectar las hojas más grandes y verdes. Mientras lo hacía, le llamó la atención una liana que ahorcaba al árbol, ascendiendo hasta el cielo, así que cortó trozos de la misma para liberar a la planta. La planta se movió, creciendo ante sus ojos como un milagro, al tiempo que los trocitos de la liana caían dentro del caldero.

»Paedana gritó:

»"¡Otra señal! Mira, están todos los trozos dentro de la olla".

»Así que pusieron a cocer al fuego en una olla con agua la chacruna y la liana. Del corazón del niño surgió un canto: "Ayahuasca curación, ayahuasca medicina, buena, buena medicina, ayahuasca curación, ayahauasca *alilin*, ayahuasca *alilin*, *larara*, *larara*…".

»La cocción y la canción duraron horas, hasta que un extraño viento apagó el fuego, devolviendo al curandero su petición de ayuda. El humo del tabaco que fumaba Caru cubrió el caldero, cerrando el vapor del brebaje. Caru pidió al niño que le vigilara mientras probaba un poco de la pócima, pues no sabía qué efectos tendría sobre él. Tomó el brebaje mientras el niño tarareaba la canción sin poderse resistir.

»Ante Caru se abrió el mundo de los espíritus sabios de la naturaleza; la liana que subía al cielo se transformó en la mujer más bella que jamás había visto. Llevaba un bello vestido azul, largo hasta los pies, que eran las gruesas raíces del árbol, y en las manos portaba la luz verde de la curación. Sus negros y lacios cabellos ceñían las estrellas.

»La hermosa Dama Azul le habló:

»"Hoy has conocido uno de los secretos de la selva mejor guardados, esperando el momento de ser enseñado a los hombres y mujeres de corazón puro. Utiliza este brebaje para curar y para hablar con los espíritus. También os ayudará a comprender la caza, la pesca y los ciclos de la vida. Tenedle respeto y cuidadla, pues ella es maestra y si la amáis ella os cuidará siempre. Ahora corre a tu pueblo o este encuentro no servirá de nada. Da de beber la pócima a las mujeres, cántales la canción y mi espíritu las aliviará".

»La visión se desvaneció. El curandero cogió la olla, que contenía el sagrado poder. De regreso, le contó su vuelo al muchacho y prometió compartir con él la sabiduría de la ayahuasca, ya que él había sido el escogido para conocer la canción.

»La situación del poblado era dramática, Imahero y todas las otras mujeres agonizaban. Caru las reunió a todas, dándoles a tomar del brebaje. Asistió sus *mareaciones* y las fue curando con las canciones, el tabaco y el sonajero con hierbas, hasta que el encantamiento se rompió. Entonces la Dama Azul apareció en el centro del lugar, y reveló a todos sus más mágicos secretos para que ellos fueran los guardianes de la sabiduría y transmitieran el conocimiento por todo el Amazonas.

La anciana calló un instante y rompió a reír.

Yo no dije nada, y ella acabó con el silencio:

—Hermosa historia la de mi nombre… Ahora ya sabes cómo conocimos la sabiduría de nuestra amada ayahuasca. Por favor, respetadla. Cuando el ritual es mal utilizado, dañamos el poder del mismo y provocamos un daño irreparable en el hogar de los espíritus. A más daño, más enfado, y si la Dama se enfada, retirará su sabiduría al brebaje y solo servirá para *chumarnos*. Os hemos abierto nuestra sabiduría, sabed reconocer lo que se os ha otorgado y no nos decepcionéis los blancos una vez más.

»Tú y yo no nos veremos más, Galpi aún tiene cosas que compartir contigo y con Nick, pero yo ya he terminado mi trabajo. Siempre estarás en mi corazón, *macsho* Elenita.

Me abrazó unos instantes y luego me empujó hacia fuera de la casa. Le prometí que le enviaría la copia de todos los cuentos en castellano y en inglés. Fue lo primero que hizo mi ayudante a mi regreso a casa.

Decidí pasear por el lugar, disfrutando de los últimos mosquitos, del canto de las ranas y del aleteo con sonido a palillos de unas mariposas amarillas que me habían fascinado todo el tiempo que vivimos allí.

No sé el rato que me quedé contemplando el río y las estrellas. El frío húmedo nocturno me caló, así que decidí ir a acostarme. Me desnudé y ocupé el espacio de Nick. Aquella iba a ser nuestra penúltima noche juntos. No estaba dispuesta a perderla.

Nick me había observado desde el mismo instante en que había entrado en la cabaña, así que no se sorprendió al sentir mi cuerpo al lado de él. Le besé y crucé su brazo por mi cintura. Me dormí agotada mientras una lágrima de Nick resbalaba por mi oreja.

XIX

La despedida

Ese último día en el campamento fue frenético, cada uno de nosotros vivíamos enfrascados en nuestro proceso personal de orden y almacenamiento del material recogido y de los muchos souvenirs que habíamos ido recibiendo en forma de regalos o que habíamos comprado a las nativas. Parecía imposible que el equipaje hubiera aumentado tanto, a la llegada era ya una exageración la cantidad de bultos que movíamos, pero ahora el número se multiplicaba por tres.

Intenté separar lo privado y personal del material de trabajo, pero en tantas ocasiones se entrelazaba que al final me rendí y decidí simplemente empaquetarlo todo en dos grupos, uno frágil e irremplazable y otro solo importante. También fue traumático; era tan difícil decidir lo que no me importaba que se pudiera estropear o extraviar que de vez en cuando me veía en la obligación de cambiar algo de maleta, pues el grupo de cosas irremplazables siempre era más abultado y se descompensaba.

John era el entusiasmo personificado. Estuvieron grabando imágenes de la recogida del campamento y delante de la cámara fue resumiendo sus momentos de felicidad y compenetración con la naturaleza. De vez en cuando venía a contarnos lo apenado que se sentía por dejar a esa gente tan encantadora. Pero su euforia le delataba.

Los dos cámaras, Martin y Charlie, ponían mucha atención en la recogida, ya que querían asegurarse de que todo el material filmado iba a llegar en perfecto estado y bien clasificado. Creían que su éxito dependía de aquel trabajo, y la verdad es que no era fácil cargar con esas cámaras tan poco prácticas y todos los complementos necesarios tan pesados para poder alimentarlas y que pudieran filmar. Los dos hombres habían pasado momentos realmente duros tanto física como psicológicamente. El resultado de su trabajo recibió tres premios, mucho más de lo que ellos soñaban en aquel momento. Fueron buenos compañeros de viaje y auténticos profesionales.

Goldman demostraba quién era en cada acción que emprendía, incluso su forma de hacer el equipaje fue ruin, pues robó material de cada uno de nosotros, incluido un sonajero ritual y una pipa de Galpi. Me di cuenta, pues su actitud de secretismo y sus maneras bruscas de cerrar bultos o maletas al acercarnos por donde él estaba me pusieron en guardia, al fin y al cabo yo era la observadora y estudiosa del comportamiento tribal, así que disimuladamente fui ganando terreno, acercándome a él, viendo qué guardaba en una caja que contenía cosas de cada uno de nosotros y los elementos ritualísticos de Galpi. A los chicos les robó una bobina, a mí una grabación de mis conclusiones que hacía días que buscaba, a Nick unos apuntes con plantas vivas de chacruna y el diario de John. Esto último me pareció horrible, así que le dije al presentador dónde podía encontrarlo, pues al notar su desaparición había dejado su euforia y había entrado en un estado histérico. Así que, sin muchos modales, tiró la caja al suelo y recuperó su diario íntimo y su tranquilidad.

Nick estuvo preparando la documentación que convertía a Goldman en el *lider group* y le ponía al frente de la investigación.

Luego supe que jamás le entregó «su» material, solo le ofreció las conclusiones y los datos acumulados; el resto se quedó con él en el poblado.

Nos mantuvimos todo el día alejados el uno del otro, inmersos en nuestras tareas. Así nos resultó relativamente fácil no hablar. El poblado también estuvo más ocupado de lo habitual. Nos prepararon una fiesta de despedida con danzas, cantos y dulces especiales para la ocasión.

Al atardecer fui a encontrarme con Nick. Deseaba que mi voz sonara relajada, tranquila, pero no fue así.

—Creo que deberíamos hablar, ¿no te parece? —le agredí.

—No hay nada de qué hablar —me contestó con lágrimas en los ojos—. Aquí he encontrado mucho más de lo que yo creía que se podía experimentar, y sé que aún me queda mucho por buscar. Tú y tus visiones me lo habéis confirmado, así que ahora no puedo…, no quiero abandonar.

—¡Te quiero! Por eso entiendo que debas quedarte aquí más tiempo. Yo arreglaré las cosas en la universidad para marchar al Norte, al lado de Thunderheart. También pienso que debo cancelar la promesa que le di hace años para así poder plantearme mi nueva vida. —Hice una breve pausa mientras acaricié su labio inferior con mi dedo índice; sus labios eran tan carnosos y sensuales que deseaba sentirlos una vez más para dejar grabado en mi mente el recuerdo de su forma y textura—. Estoy convencida de que debo cerrar las puertas del pasado para poder comprender lo que hemos vivido juntos. Así que tú cierras tu ciclo aquí y yo al tiempo lo resuelvo allí. Después decidiremos. ¿Te parece bien?

Nick me abrazó y me besó con pasión. Pero en aquel instante supe que, a pesar de nuestro amor, nuestros caminos se separaban para siempre.

En la cena de despedida, Galpi e Imahero me regalaron instrumentos de sanación. Para mí fue un momento importante.

Me llevaba el corazón lleno de amor y una comprensión nueva de la vida. Con los años sería un camino de liberación.

No valía la pena recordar el viaje de regreso a Estados Unidos, fue largo, triste y de una tremenda sensación de soledad.

Goldman no logró el apoyo que deseaba en los círculos ortodoxos, así que se pasó al lado «marginal» de la ciencia. Los que defendían la liberación de las drogas, el uso racional de los psicodélicos, crearon todo un movimiento paralelo al chamanismo y la ciencia oficial utilizando las plantas de poder para la búsqueda del viaje lúcido. La pena era que Goldman nunca entendió lo que realmente deseaban hacer algunos de estos grupos, llamados «psiconautas», pues a él solo le importaban la reafirmación de sus estudios y el poder lograr algún día el reconocimiento científico oficial. Como él mismo me dijo un día en un congreso etnobotánico años más tarde: «Me vengaré de todos los "teóricos oficiales" y tendrán que comerse su desprecio».

Siempre estuvo convencido de que su fracaso había sido consecuencia de la falta de apoyo de Nick. En el fondo tenía razón, pues a la universidad aquellos estudios le importaban relativamente poco, solo buscaban que se hablara de ellos en televisión y dar imagen de preocupación ecológica.

Todo aquello lo había pagado y promovido Nick. Al quedarse él allí, la universidad se puso las medallas de la expedición, pero no quiso entrar en polémicas sobre la utilidad médica de los enteógenos y las nuevas corrientes de apoyo a las *plantas de los dioses*. Lo paralizaron todo a la espera del regreso de Nick y sus conclusiones.

John regresó enfermo de malaria, lo que hizo que se ganara aún más la simpatía de sus televidentes, y los montajes de Charlie y Martin le crearon aureola de aventurero de riesgo, un Indiana Jones real, no de ficción. Así que no solo recuperó su éxito, sino que además se encumbró.

Le valieron la pena el sufrimiento y el miedo que pasó durante todo ese tiempo en la amazonia. Aunque pagó su precio, pues tuvo que regresar más de una vez para mantener su fama recién adquirida. Hoy es un ferviente defensor de los pueblos amazónicos y colabora intensamente en recuperar su dignidad y respeto, así como en la conservación del medio ambiente. Charlie y Martin van con él a todas partes grabando imágenes para su productora Amazonic Dignity.

Aquella experiencia nos regaló a todos una nueva vida.

Un año después de nuestra separación, Nick se casó con Melita, una joven indígena de dieciocho años, la mayor de las hijas de Galpi. Me alegré por él; manteníamos comunicación por carta, mientras él creaba en la selva un centro de asistencia y recuperación de la medicina amazónica para indígenas y occidentales, lo que él llamó «hospital amazónico». Melita trabajó muy duro al lado de Nick, así que poco a poco fue ganando espacio en su corazón, mientras yo, trabajando en Canadá, cada vez me alejaba más de él. Después de haber estado unas semanas al lado de Thunderheart, me di cuenta de que debía viajar a la India y al Tíbet para reencontrarme con sus medicinas y cerrar el ciclo de lo que yo descubrí que debía ser mi camino.

De modo que Nick construyó su hogar en la selva con mujer e hijos al lado de Galpi, al tiempo que regresaba a la universidad dos veces al año para regalarles algún descubrimiento farmacéutico, obsequio de la Madre Naturaleza. Así fue como logró el apoyo financiero a su proyecto Hospital y para Amazonic Herbs, un parque protegido dentro de la selva que contenía más de cinco mil especies de plantas medicinales; cómo no, también ayahuasca y chacruna.

No volví a ver a Galpi ni a Nick hasta quince años más tarde. Estábamos los tres totalmente cambiados, bueno, para ser correctos, solo estábamos cambiados Nick y yo, Galpi seguía igual, con el mismo aspecto que tenía en el valle, cuando yo era una niña. La única diferencia era que ahora él hablaba más lentamente, más relajado y más concreto, como si deseara economizar sus energías.

Yo ya tenía treinta y ocho años y dos hijos, uno con siete años y otro con dos. Quise que los conociera, a pesar de la oposición de mi madre, que era una abuela «leona» con sus nietos. Me los llevé conmigo, sabía que lo único duro era el viaje; allí en el poblado iban a estar protegidos y cuidados por todos.

Nick era el gran hombre de siempre, un gran amigo, un buen esposo y un adorable padre. Supe que mi amor por él perduraría en el tiempo. Era todo un hombre medicina, lucía pinturas en su cara, plumas colgando en cintas del cuello y una melena blanca recogida en una cola.

Me quedé más tiempo del que tenía previsto, pero fue una gran experiencia para todos.

Trabajé en el proyecto Hospital con Nick y Galpi. Les enseñé a los dos medicina tibetana y algunos secretos de la védica. Hablamos de todo lo que Galpi deseaba preguntar.

Yo había regresado de nuevo a Perú para cumplir una de mis últimas promesas. Después de enseñar a Galpi y a Nick lo que ellos deseaban aprender, regresé de nuevo a casa. Pero esta vez sabía a qué casa y adónde deseaba regresar. Sentía algo especial por el lugar donde había nacido, pues mis padres estaban viviendo allí. Hay momentos en los que uno debe ir lejos de sus raíces y otros en los que debe volver. En aquel momento no sabía que mi regreso era para vencer los apegos al pasado y ser capaz de amar sin esperar recibir, sin coacción y sin expectativas.

Mis hijos disfrutaron de la libertad, de la comunión con la naturaleza y de la naturalidad de la vida. Aquello sembró en ellos la cooperación, el amor a la vida y la generosidad de espíritu. De regreso a España, a mi ciudad natal, Barcelona, recompusimos nuestras vidas.

Los programas de radio en los que ellos me acompañaban, el centro de medicina Cuerpo-Mente, los viajes con alumnos a lugares de sabiduría, mi nuevo y auténtico amor, un nuevo hijo, todo llevado desde mi filosofía de vida y siempre todos unidos, me hacía sentir en plenitud.

La segunda vez que me separaba de Nick y Galpi decidí que ya era tiempo de aplicar lo aprendido y vivir mi vida según yo la entendía. Como mi abuela me dijo una vez: «Antes de salvar el mundo, uno debe salvar su hogar». Y eso me recordó que la coherencia era la mejor filosofía que podía dejar como legado a mis hijos y a mi entorno. ¿De qué me servía todo lo que había ido viviendo desde lo siete años, si no les dejaba a ellos el ejemplo de lo aprendido?

Regresé a casa y me sumergí en la misión más compleja de mi vida: ser capaz de ser feliz en cualquier circunstancia de la vida. En ello estaba, y no puedo quejarme pues no me iba nada mal, cuando tuve un sueño, después de ese sueño un presentimiento, y al fin una llamada.

—¡Hola Elenita, mi *macsho*! Debes regresar, es el momento. —Al otro lado de la línea, la voz, esa voz, Nick.

—¿Qué ocurre? —Sabía perfectamente lo que ocurría, pero no quería aceptarlo.

—Va a partir, así lo ha decidido, y desea que cumplamos con el ritual. ¿Vendrás? —En su voz percibí la duda ante mi posible respuesta.

—No puedo faltar, jamás fallaría. Intentaré salir mañana, aquí ahora es de noche y no puedo conseguir un billete a Lima. Te llamaré al Amazonic Herbs cuando haya llegado a Lima y tenga el número de vuelo y la hora de llegada a Pucallpa. Un beso. —No esperé ni su respuesta, colgué el teléfono.

Supuse que Nick debía afrontar de nuevo con la muerte de Galpi lo mismo que con la muerte de su padre, y que el comportamiento de muchos de los blancos que habían pasado por allí le había causado la incertidumbre en mis actos. Pero yo siempre cumplía mis promesas.

Aquella noche fue frenética. Mi esposo, un hombre maravilloso, me ayudó a organizarlo todo, y a pesar de lo apresurado me consiguió un billete. A media mañana estaba volando en dirección a Lima. Sabía que Galpi me esperaría. Fue el vuelo más largo y angustiante de mi vida.

XX

«La Montaña Joven»

El tren paró en la estación de Aguas Calientes. La salida masiva de turistas me sacó de mis recuerdos cada vez más cercanos al triste momento que me había llevado a subir al tren en dirección a la ciudad sagrada. Con desgana me levanté de mi asiento y cogí mi mochila con las cenizas del chamán.

Recorrí el tramo que separa la nueva estación solo para turistas de la vieja, donde estaban los hoteles y hostales de Aguas Calientes. Sabía que sería difícil encontrar una habitación, incluso en temporada invernal hay que reservar el hotel con un año de antelación, así que fui preguntando de uno en uno hasta que encontré una. Dejé mi parco equipaje en el dormitorio, me calcé las botas adecuadas y envolví la urna que contenía las cenizas de Galpi.

Conocía las costumbres de los guardas de la entrada a la Montaña Sagrada (en ocasiones obligaban a dejar las botellas con agua) y conocía también la prohibición de entrar comida en el lugar. Procuré no incumplir ninguna de sus reglas para evitar cualquier contratiempo.

Ya preparada para realizar mi misión, me dirigí caminando hasta el lugar donde se toman los autobuses que suben a los visitantes al Machu Picchu. Todo seguía igual, la carretera zigzagueante, los niños que se disfrazaban de chaski[24] *e iban saludando en in-*

---

24 Corredor de largas distancias que llevaba los mensajes del inca.

glés a los turistas adelantando sus autobuses en distintos tramos del descenso...

En nuestro autobús, subimos a un niño chaski para que pudiera ganarse un dinero, y una vez arriba siguió a otro autobús de los de retorno. Así iba trabajando durante el día.

El paisaje seguía siendo hermoso, no importaba las veces que lo había visto, siempre me sentía fascinada por las montañas, el cielo y sus curiosas nubes. Durante un rato logré vivir en el presente, disfrutando de la magnificencia de la naturaleza.

Llegamos a la garita de entrada al recinto, frente al self-service del lugar. Me tomé un café con leche antes de entrar para no hacer cola junto a los turistas recién llegados en los autobuses. Dejé que todos entraran antes. Pagué el tique y entré. Ya estaba de nuevo dentro. Mejor dicho: ¡ya estábamos de nuevo dentro!

«Galpi, si me oyes allí donde estés, mi parte del trato está ya casi finalizada, pronto te entregaré a los grandes maestros, los apus, de "La Montaña Joven", como tú querías. Ahora mándame energía para subir la montaña, pues mira que me lo pones difícil. Podías haber escogido cualquier otra parte del complejo ceremonial, pero no, tuviste que elegir el Wayna Picchu, lo más difícil de subir. ¡Bien! ¡Pues ayúdame!, que ya llegamos a la base de la montaña».

Firmé en el libro de la caseta de control para poder ingresar al camino de «La Montaña Joven». La empleada me miró con desgana. Saqué mi bastón de la mochila y, apoyándome en él, comencé a ascender la montaña. Los escalones irregulares, algunos demasiado altos para poder subirlos sin apoyarme fuertemente en el bastón, me provocaban un gran cansancio. Mis piernas seguían sin ser fuertes, la montaña seguía siéndome hostil, como las veces anteriores. El cable de hierro a modo de barandilla seguía siendo incómodo para poder servir realmente de puntal para ascender los escalones horadados en la piedra.

La ladera, desde el último incendio en el año mil novecientos noventa y siete, seguía viéndose muy pronunciada, la sensación de vértigo era muy fuerte, ya que no había grandes y altos árboles.

Yo no era una mujer ni demasiado atlética ni demasiado audaz para sentirme segura en esta situación. El ascenso se me estaba convirtiendo en un auténtico suplicio. Mi nervio ciático comenzaba a dar muestras de enfado y el cansancio por la falta de oxígeno no me permitía pensar correctamente. Decidí sentarme en uno de los escalones mientras intentaba reflexionar coherentemente, hablando conmigo misma.

«Bien, has llegado hasta aquí. Primero de Barcelona a Londres, de allí a Miami y de Miami a Lima, para enlazar a Pucallpa y luego por tierra y agua hasta el poblado. En el poblado estaba Galpi...».

Rompí a llorar aferrada a mi mochila, recordando aquellos tristes momentos.

Galpi estaba rodeado de sus familiares y alumnos, todos serios y expectantes. Sabían que el curandero se moría, pero que alargaba su agonía a la espera de mi llegada.

Nick estaba sentado a su lado. Las lágrimas mojaban sus mejillas. Incluso el silencio de los animales era una muestra evidente del dolor que todos sentían.

Galpi abrió sus ojos al percibir mi llegada, tendió su mano al aire señalando el lugar donde yo me encontraba. Melita me rogó que me sentara a su lado.

Al verle de pronto tan envejecido, por vez primera tomé conciencia de que aquello era el fin. Cogí su mano entre las mías, sollozando.

—¡Oh, Galpi! Galpi, mi viejo amigo...

En un tono de voz duro y áspero, el hombre se dirigió a todos nosotros.

—Cállense. No tengo muchas fuerzas, así que escuchen. Nick me ha prometido entregar una parte de mis cenizas a la Yacumana, allá en el Corazón Verde. Ella le enseñará todo lo que yo aprendí en ese tiempo como gratitud.

»Deonel heredará mis instrumentos mágicos y por ello curará aún mejor que yo, ya que unirá su sabiduría y la mía —siguió hablando—. Entregará otra parte de las cenizas de quien un día le "curó" al lago Titicaca, de donde procedemos todos los incas. Y tú, mi Elenita, mi niña que nació para elevar las almas con su voz y hacer realidad los sueños de los demás, llevarás la última parte de mis cenizas al Wayna Picchu, para que el valle que tanto me dio reciba mi gratitud. Allí el cóndor me recogerá dejando entrar a mi alma en el mundo de los *apus*, los grandes maestros. A cambio, ellos te darán la pieza que falta a tu vida; luego podrás ejercer el libre albedrío y ya no me deberás nada ni a mí ni a ninguno de los maestros que has tenido a lo largo de tu vida.

»Por ti y por mí —terminó diciendo—, ojalá que presencies el vuelo del cóndor.

Llamó a su esposa, a sus hijos y a sus nietos, les besó a cada uno y susurró algo en sus oídos y, cogido de la mano del más pequeño de los niños, expiró.

La selva se llenó de silencio, la habitación se inundó de un olor dulzón, como el olor de las nubes de azúcar, y una luz lechosa se desprendió de su cuerpo ante nuestros ojos. Todo ocurrió en no más de dos minutos, pero muy intensos y emotivos.

Al fundirse su luz, la selva recuperó los gritos de las aves y el aullido de los monos. En cambio, el llanto de los allí presentes fue silencioso.

Una brisa de aire frío rozó mi cara, sacándome de nuevo de los recientes recuerdos. Decidí que ya había descansado lo suficiente y reemprendí el ascenso. Tuve que detenerme algunas veces más, en las que me dedicaba a contemplar el paisaje y a hablar mentalmente con las cenizas de Galpi.

«Utiliza mis ojos para ver por última vez este paisaje. ¡Qué tonterías digo!, tú ya no necesitas ojos para ver, estás ya en Todo. ¿Cómo será la sensación de ser solo energía? Bueno, supongo que llegará un día en que ya lo sabré. Venga, vamos a seguir ascendiendo. ¡Menudo caprichito, muchacho! Podías haberlo puesto algo más fácil, que ya no soy una quinceañera».

Agotada, llegué a la mágica puerta-piedra que hay al final de los desiguales escalones que facilitan el ascenso.

«Bueno, ahora ya hemos llegado al trozo "puñetero" que sabías que me daba más miedo. Voy a sujetarte con las manos, pues con la mochila a mi espalda no sé si sabré dar el giro de ciento ochenta grados que hay que hacer para pasar a la terraza del otro lado. ¡Venga, vamos allá!».

La distancia entre la roca y el precipicio que daba paso a la pequeña terraza desde la que se contempla la magnificencia del Machu Picchu debía pasarse de lado y realizando un complicado giro. Siempre que lo hacía tenía la sensación de que no podría pasar, de que me quedaría angustiosamente atrapada allí.

«¡Pasamos! Bueno, debo entregarte a los apus, *así que aquí nuestros caminos se separan. Aunque no sé si debo enfadarme contigo, mi maestro, pues después vendrá la parte peor, el descenso por este lado».*

Bajé arrastrando el culo por la terraza que terminaba justo en el precipicio. Me di cuenta de que el vértigo había desaparecido, así como el miedo a ese tramo de la montaña. No obstante, me sentía desamparada y sola. Rompí a llorar y me senté en el suelo. Con lágrimas en los ojos, saqué la urna que contenía las cenizas de mi maestro y gran amigo Galpi.

—¡Aún no puedo hacerlo! Tengo la sensación de que falta algo, de que nos queda algo pendiente. ¿Pero qué puedes darme ya que llene

esta sensación? —No pude reprimir hablarle en voz alta a la urna, como si él estuviera ante mí.

Cerré los ojos y respiré profundamente, buscando en mi interior las fuerzas para abrir y esparcir sus cenizas, pero una voz en mi interior me detuvo.

«Termina tu balance».

Abrí los ojos. ¿Mi balance?

Recordé que durante todo el viaje en el tren hasta Aguas Calientes me había sumergido en el pasado, y con ello había resumido mi existencia al lado de Galpi. Pero balance es hacer cuentas de lo cobrado y lo pagado.

—Entiendo, debo hacer mi recuento de lo aprendido y lo enseñado. —Me dirigí en voz alta ¿al viento?

Me llamó la atención el bellísimo cielo azul con pequeñas nubes blancas parecidas a balcones de algodón. Tenía la sensación de que pequeños querubines miraban apoyados en los lechos de sus nubes, como en las pinturas de los frescos de las iglesias católicas.

—Gracias a mis padres, vi el mundo —continué hablando en voz alta—. Entendí que el bien y el mal eran un invento humano, que eso que algunos llamaban «Dios» era justo y bondadoso.

Así perdí el miedo a mirar a Dios. Gracias a mi abuela, aprendí la paciencia y la tolerancia. Ella también me enseñó que cualquier medicina es buena, porque lo que importa es la fe en la curación y entender el mensaje escondido que trae consigo toda enfermedad.

Gracias a Thunderheart valoré la relación con el entorno. Me enseñó que la naturaleza creía en el derecho a la abundancia; ella daba a cada ser vivo su alimento y su compensación, y el hombre, cuando actuaba como un ser más dentro del ecosistema, sin soberbia ni avaricia, tal y como lo hacían los indígenas, recibía de la Madre Tierra todo cuanto deseaba.

Thunderheart me demostró que no somos superiores a nuestro entorno, ni ajenos a él. Las plantas, los animales e incluso el viento, el mar o la tierra, forman parte del Todo. Todos somos granos de arena, de igual a igual.

Gracias a muchos otros maestros, lama Chopa, lama Dorje, indra Devi, entendí que debíamos renunciar al ganar por participar, a sembrar para recoger, a no enjuiciar para aprender, a ser niños sorprendiéndose ante todo; a amarme ante todo para así poder amar. Si yo no era capaz de aceptarme, aún menos podría aceptar en los demás lo que detestaba en mí. Aprendí a colaborar; juntos todo es más fácil. Aprendí también a dejar de vivir en futuro. El presente es un hoy continuo y lo único válido, pues es quien construye nuestro futuro. El pasado es un presente ya vivido, y por lo tanto deberíamos soltarlo o solo viviríamos en él perdiendo de nuevo el hoy.

«Galpi, tú me regalaste lo mejor de todo. Me preparaste para la llegada de Thunderheart, me hiciste perder el miedo a ser diferente, me devolviste mis ojos. Dejé de verme a través de los ojos de mis padres, para verme de nuevo a través de mis sueños. Me diste el misterio para crear en mí la curiosidad de la búsqueda. Me regalaste el ritual, por fin entendí que lo importante era el ritual, y tú, o la ayahuasca, fuisteis solo unos medios. Tú guiaste en mi subconsciente lo que debía buscar, cómo lo debía encontrar y cuándo. La planta solo facilitó el trabajo, al bloquear mis barreras de defensa. Por fin entiendo que las plantas, sin el chamán, no serían nada; sin su sabiduría, sin su capacidad de dar a cada uno lo que necesita, serían solo instrumentos de confusión. Tú condujiste a lo largo de estos años mi aprendizaje, y la planta te facilitó que yo comprendiera con mis códigos lo que tú sabías que yo debía descubrir. Si en lugar del brebaje mágico hubieras conocido otro modo, también habría sido válido».

Una sacudida de adrenalina inundó mi cuerpo. Mi pulso y mi respiración se aceleraron.

«Ya entiendo, no importa si los blancos y sus leyes prohíben la ayahuasca o cualquier planta; lo único que importa es el ritual. Me estás diciendo que aunque no tenga el Amazonas, las plantas o un lugar sagrado, puedo utilizar el ritual y con ello continuar aprendiendo. Hace tiempo, querido amigo, que me muevo en la ambigüedad. ¿Qué hay que hacer con todo lo que he aprendido en esta vida? ¿De qué sirve? Las palabras solo añaden más confusión a la verdad, pues las palabras son solo códigos, y cada uno les da la importancia o el valor que desea.

»Contigo, querido amigo, aprendí a vivir la vida, sin miedos, sin límites; aprendí a ser feliz, aceptando lo que en cada momento me era ofrecido. Pero sigo sintiéndome en deuda con todo el mundo. Por un lado con mis respetados maestros, y por el otro con las personas que, como yo, o como Nick, van buscando entender».

Sin más, acudió a mi recuerdo un hermoso cuento que me contó en el establo del valle cuando era pequeña: «Papá Sol creó primero el maíz negro, a él le dio el don de cuidar de las aguas; luego creó el maíz rojo, y le dio el don de cuidar de la tierra. Luego creó el maíz amarillo, a él le enseñó el don de la energía. Y por último creó el maíz blanco, y le dio el don de la invención. Así, cada uno fue creciendo y evolucionando, hasta que por fin se encontraron. El hermano más pequeño, por codicia, sometió a los demás, pero la paciencia de sus hermanos era infinita. Después de mucho dolor y muchos errores, el hermano maíz blanco comenzó a entender la idea de papá Sol. Un nuevo maíz que uniría lo mejor de cada enseñanza, lo mejor de cada cultura, y comenzó a nacer el nuevo maíz marrón, el nuevo hombre».

Mis hijos, mi pareja, yo y también Nick, y toda su familia, formábamos parte de la idea de ese maíz marrón, de ese nuevo hombre. Cada vez éramos más los que girábamos la miraba hacia otras culturas, hacia nuevos modos de vivir la vida.

Había subido al Wayna Picchu para realizar un último ritual dirigido por Galpi. Al girar el cuerpo para atravesar la puerta y reposar en la terraza de la montaña, había dado simbólicamente el último giro a mi vida.

Miré a mi alrededor, contemplé la belleza del paisaje, el cielo azul y el Sol brillante testigo del ceremonial. Abrí la urna que contenía las cenizas, me acerqué al abismo y con fuerza lancé las cenizas hacia arriba, hacia el cielo.

—¡Vuela, amigo, vuela alto!

Delante de mí, un hermoso cóndor pasó volando. Extendía sus alas al máximo y recogió en ellas algunas de las cenizas que aún flotaban en el aire. El animal voló exhibiéndose ante mí como si fuera consciente de mi asombro. No podía dejar de mirarle siguiendo su majestuoso vuelo; giró dos veces en círculos sobre mi cabeza y entendí que se despedía de mí.

—¡Adiós, amado amigo! Vivirás para siempre en mi corazón y en el de todos los que te conocimos. Gracias por todo el ayni[25] que has sembrado en la tierra.

Levanté mi mano en señal de adiós al ver al cóndor partir en dirección al Sol. No sé lo que ocurrió, pero, en aquel instante, de encima del ave nació otro cóndor más pequeño, y los dos juntos se alejaron hacia el Sol.

Una lágrima brotó de mis ojos y recorrió mis mejillas. Una leyenda había nacido ante mí.

Me despedí de los apus, les ofrecí flores, les canté una canción y descendí sin recordar el miedo que me provocaban la bajada ni el precipicio, ni mi dificultad física.

Yo también había nacido, simplemente era una con el lugar y el tiempo. Había dejado el pasado en su lugar al cruzar la Puerta de la Montaña y me había depositado en el presente continuo dispuesta a sembrar el presente de mis hijos y a contar a quien lo desease oír la vida y el mensaje de Galpi, el mensaje de los HIJOS DE LA TIERRA.

---

25 Ayuda mutua practicada en comunidades indígenas.

Índice

www.ingramcontent.com/pod-product-compliance
Lightning Source LLC
Chambersburg PA
CBHW031108260626
47172CB00001B/270